HURACÁN PATRIXIA

#3
LA ACEQUIA
DE LA LUJURIA

NICOLL RODRÍGUEZ &
GÉRARD SALAS

1ª edición en español en formato físico, mayo de 2021.
2ª edición en español en formato físico, junio de 2022.

ISBN: 979-8513819929

Diseño de cubierta: Gérard Salas.
Recursos gráficos licenciados bajo las condiciones de Shutterstock, Creative Market, The Branded Quotes, iStock, FreePik, Pexels, Icons8, Heritage Type Co., Wikipedia commons y *https://www.stereo-type.fr.*
Este libro contiene ilustraciones artísticas realizadas por Ricardo López (@nitidoart).

Asesora literaria: Esther Hernández Santana

Las tramas de este libro son ficticias, así como lo son sus personajes. Las fotografías de archivo que contienen personas reales muestran modelos con autorización registrada en las correspondientes bases de datos, y no guardan ninguna relación con lo narrado en la presente novela.

A ti,

Aviso sobre contenido sensible

La presente novela puede incluir escenas de abuso de poder en el ámbito sexual. Del mismo modo, su lectura no es recomendada para menores de dieciocho años.

Atentamente,

Nicoll Rodríguez y Gérard Salas.

Noviembre, 2022

"**B**ienvenida al club de los veintisiete!" Me animó Sandra con euforia.

Una colorida tarta de merengue y frutas tropicales se aproximaba hacia mí entre pletóricas sonrisas. Pero mi impactada mirada continuaba clavada en aquel mensaje de Whatsapp. Su remitente; un número desconocido. Bajo los dígitos, el cadáver de un repugnante hombre entre túnicas negras, desangrándose. Su mirada vacía, muerta, retumbaba en mi cráneo cual potente rayo, hasta casi resquebrajarlo. Pero en ese instante me sentí feliz, colmada, satisfecha. Su MUERTE era el mejor de todos los regalos que había recibido esa noche.

Cerré los ojos y di las gracias mientras las velas transformaban su potente brillo en un lánguido vapor negro. Ni siquiera pude encontrar un deseo que pedir. Sólo sonreí.

Clavé el cuchillo por última vez en el florido pastel y me senté frente a aquel triángulo multicolor de nata y chocolate. Y ante la mirada inquieta de todas las presentes, supe que la hora de aquella necesaria terapia, había llegado. Esa noche, finalmente, mi macabro círculo quedaría cerrado para siempre.

Octubre, 2013

Tenía diecisiete años por aquel octubre. Y muy a mi pesar, era la única de la *cuadrilla* que no comenzaría la universidad en las próximas semanas. Mi mejor amiga, Sandra, partía a San Sebastián, y Miren y Lucía se mudaban juntas a un piso compartido en la cercana Pamplona. Txababerri se había convertido de repente en un pozo de profunda negrura; yo, totalmente sola, en mi propio pueblo. Por eso me apunté a inglés; así podría conocer gente mientras me preparaba el *First*. Además, el módulo de FP de Educadora Social que iba a comenzar era de mañanas y no se me iba a solapar.

Aquel martes subí las escaleras de la academia *EnglishReady!* con los típicos nervios del primer día, y me acomodé en un pupitre de la penúltima fila. Durante la presentación por parte de Mathew, el *profe*, lancé con disimulo un *barrido general* por *el alumnado*. A mi pesar, la mayoría de aquella veintena de cabezas tendrían unos cuarenta años o más, jubiladas incluso. Chicas jóvenes sólo había tres; *La Susana*, que era una tía con la que Sandra había tenido follones por un *ex*, por lo que no nos hablábamos. Luego estaba *la Cynthia*, de la que sólo sabía que había competido en hípica en los Juegos Olímpicos de Londres, y *la Ekaitza*. *La Ekaitza* era todo un personaje en Txababerri, era conocidísima por sus líos sexuales; a sus veintiocho años había probado **de todo**. Tampoco se sabía qué era verdad y qué no de lo que de ella se rumoreaba... pero sí que había estado en juicios por *stalkear* a un tío que, según sus propias palabras, la había dejado con *dependencia sexual*. En realidad, nadie decía que *la Ekaitza* fuese mala chica, pero yo en esa época era virgen, y nunca había tenido novio. Así que juntarme con ella sabiendo `su historial`, me daba un poco de *impresión*. En cuanto al alumnado masculino, había un chico que tendría unos cinco años más que yo y ¡buff!... estaba buenísimo. Pero descarté aspirar a cualquier cosa con él, porque fijo que tendría miles de admiradoras. El curso se impartía cada martes y jueves de seis a ocho. Era mucho *tute*, pero me vendría bien para mantenerme ocupada.

)⁂✕⁂(

Las primeras tres semanas de academia se sucedieron sin gran estrés, fue más repasar que otra cosa. Pero al llegar octubre, la oscuridad resultaba cada vez mayor al salir de clase… y eso suponía un **gran** problema para mí. Mi casa no se situaba en el casco urbano de Txababerri, sino que para llegar a ella, debía recorrer casi dos kilómetros por un sinuoso sendero en el que apenas cabía un coche. Zarzas, árboles y densos matojos lo rodeaban a ambos lados. Ni siquiera estaba asfaltado y, por supuesto, las farolas terminaban tan pronto como abandonabas el casco urbano. Mi padre siempre me había ido a buscar, siendo yo niña, en estos casos. Pero viendo tan cerca mi inminente dieciocho cumpleaños… sabía que aquella práctica debía terminar más temprano que tarde.

)⁂✕⁂(

Quizá me notó especialmente sola. O tal vez no entendió por qué yo ni siquiera me había acercado a ella o a cualquiera de las chicas… pero en uno de los descansos de clase, Ekaitza se me aproximó con complicidad. Al verla frente a mí **ESCONDÍ** el móvil con extrema urgencia; ella era la última persona con la que me apetecía comentar los *swipes* de Tinder que esbozaba bajo la mesa. Ekaitza apoyó su brazo sobre mi hombro y me bufó con hastío:

"¡Menudo coñazo es este infierno! Ni de coña apruebo tampoco este año como no me ponga las pilas."

Alcé la cabeza agarrotadamente, a lo que ella prosiguió:

"Mira tía, que luego en cuanto acabe esta mierda, nos vamos todos al Lilibeth. Vienen también el profe y *el Guille*. Vente, que va a estar *bien*."

El Guille era el *tiobuenorro*. Y vamos, que a Ekaitza se le iban los ojos bien hacia él. No me extrañaba que no tuviese confianza en aprobar. Ni traía los deberes hechos ni se enteraba de mucho, todo el rato más pendiente de coquetear con él que de la clase. A mí me interesaba más Mathew, la verdad. No sé si sería por mi fracaso en Tinder o por verme sin amigas, pero me notaba muy aferrada a la idea de tener algo con él. Era mi motivación, el plan de la semana que más me apetecía. Algo cortada sacudí la cabeza, confirmándole a Ekaitza que me acoplaría al plan.

El resto de la clase el corazón me palpitaba acelerado. Me daba **pavor**, en realidad, el unirme a ellos. Alguna vez los había visto remolonear a la hora de recoger los libros; había supuesto, por tanto, que algo de relación tenían. Pero no sospechaba que ya tanta. Y es que el vivir en las afueras, siempre nos había costado a mí y a Elisabeth, la otra chica que también vivía *remota*, perdernos gran parte de la vidilla *extraescolar* de Txababerri.

Elisabeth tenía tres años más que yo y nos llevábamos bastante bien. A pesar de que en mi cuadrilla la consideraban *demasiado* pija, yo siempre la vi como una chica cercana y afable. Quizá nos entendíamos dentro de nuestro particular *aislamiento*. El problema resultaba ser que su casa quedaba en el valle opuesto al mío. Por lo que paradójicamente, éramos las dos vecinas más alejadas de todo Txababerri. Bueno, eso sin contar a Leocadia y Saturnio. A veces me olvidaba incluso de su existencia. Ellos eran, realmente, mis dos únicos vecinos. Vivían en el caserío que se situaba a unos cincuenta metros más adelante de nuestro camino. Tendrían unos sesenta o setenta años. Ni lo sabía. Huía de ellos, aun siendo en realidad aquello algo irracional. Desde que tenía uso de consciencia, mi madre siempre me había advertido, **una y otra vez**, que debía mantenerme lejos de ambos. Muy lejos. Que eran gente complicada, con conductas muy peligrosas. El halo de secreto siempre presente en la cara de mis padres me confirmaba que algo se me estaba ocultando. Recuerdo una escena, la cual tengo grabada a fuego en mi cerebro. Fue cuando de pequeña, junto a la puerta de su caserío, encontré un extraño camafeo en nácar, en el que salía una chica muy bella.

La cara de mamá se llenó de espanto al verlo Y a pesar de lo bonito que era, me obligó a tirarlo. Me advirtió que jamás tocase nada de lo que pudiese encontrar en las cercanías de aquella casa. Su aterradora **severidad** me asustó. A veces hasta había tenido pesadillas con ellos, y eso que ni siquiera sabía muy bien ni cómo era su cara. Sobre todo la de él. Estaba lisiado y apenas salía. Ella era relativamente conocida por ser la castañera; vendía las castañas de su propio jardín, las cuales asaba en un puestito que colocaba en la Calle Mayor. Apenas lo hacía un par de meses al año, alrededor de Navidad. Entendíamos, por tanto, que tendrían ahorros, o que eran capaces de sobrevivir con lo que cultivaban en su huerto. Aparte del cantar de los gallos y de los habituales, y a veces, desgarradores ladridos que se colaban por mi ventana desde su jardín, poco más sabía de lo que en su hogar acontecía.

El Casio reluciente de Mathew sonó preciso a las ocho marcando el final de la clase. Ekaitza ya había recogido los libros hacía un buen rato y miraba el móvil sin disimulo. MariPepa y Carmen, las dos señoras que se sentaban a sendos de mis lados, murmuraron algo mientras cruzaban la puerta. Yo, sin embargo, permanecía congelada, suplicando un gesto caritativo que me integrase en el inminente plan. Mathew escribía en la carpeta de calificaciones, mudo. Y entre aquel palpitar de mi corazón, fue Ekaitza la que **alzó la voz** sin siquiera girarse hacia mí:

"¡La Ingrid se viene hoy de *birras*!"

Al oírla, Mathew me escudriñó cual águila, acelerando aún si cabía más mi pulso y soltó:

"¿Al fin una futbolera en el grupo?"

¡Opps! Me quedé paralizada. Respiré hondo y tartamudeé confusa:

"Ah, que… ¿que hay hoy partido?"

Mathew bufó regresando la mirada a su libreta:

"¡Vengaaaa, otra que pasa!"

"Sí, es el España-Georgia. Abajo está mi *cari* también, así que me tocará pringar y tragármelo…"

Me indicó Cynthia detrás de mí, dándome cuenta de que también se había quedado. Me giré para esbozar una sonrisa de cortesía.

Mathew terminó de recoger sus cosas mientras Susana se fue, afortunadamente. Bajamos todos las escaleras poniéndonos los abrigos. Mathew iba liderando el grupo, ansioso. Detrás lo seguían Ekaitza y Guille. Guille, yo creo que era un *cacho de pan* y que simplemente se dejaba querer. A Ekaitza no sé si ya la tenía prejuzgada por los rumores, pero yo la veía con ganas de *mambo* total. Atravesando el *hall* de la academia, Cynthia me agarró del brazo y me inquirió:

"¿Vas mucho por el Lilibeth? Nunca te he visto por ahí..."

Me giré hacia sus grandes ojos verdes y negué tímidamente con la cabeza. Cierto era que al Lilibeth nunca había ido por dos motivos: uno, porque cuando mis amigas solían acercarse, era tarde y mi padre ya había salido del trabajo; por lo que, ya me había recogido. Y dos, porque mi madre siempre me repetía que allí se juntaba **lo peor de cada casa**, que no tenía ninguna necesidad de ir.

Cynthia, que tendría unos cinco o seis años más que yo, me explicó ante mi palpable recelo:

"A ver, es un bar de borracheras y *de pillar*. Pero entre semana tampoco hay mucho follón. No te preocupes."

Salimos a la calle y cruzamos la plaza. Hacía calor. O quizá estaba nerviosa. A escasos metros, un carcomido tablón de madera hacía de reposadera para el neón rosa que rezaba: **BAR LILIBETH**. La **A** y la **H** estaban fundidas, la **E**, parpadeaba. A ambos lados, un grupo tirado haciendo botellón. Entre ellos *el Antxon* fumándose un porro; él era uno de los que me habían hecho *bullying* en el instituto. Junto a él, un par de chicas *exabruptaban* enormes carcajadas sin control.

Y así como los dejábamos atrás, Ekaitza se giró hacia mí y lanzó eufórica:

"*¡Luego salimos!*, que el ambiente siempre está mejor fuera."

Me arrimé instintivamente hacia Cynthia mientras nos acercábamos a la puerta de vidrio rajado. Y sintiendo ecos *reaggetoneros*, pasamos al interior del local.

La primera impresión del Lilibeth, sin embargo, me sorprendió para bien. Había mucha luz, un par de billares relucientes, mesas de madera modernas, y una gran barra al fondo llena de botellas de todo tipo. Un rollo desplegado recibía la emisión de un proyector pegado al techo. Por ahora, sólo los comentaristas barajando alineaciones.

Nos acercamos todos a la barra y Ekaitza pidió un *katxi* de *kalimotxo* para compartir con Guille. Lo había decidido ella unilateralmente. Un grupo de cinco chicos entró entonces en manada al local y se aproximó hacia nosotras, indiviso. Cynthia me presentó al más alto; era Roberto, su novio. Él me saludó con una amplia sonrisa. Nos dimos un par de besos y en ese instante Ekaitza, litrona en una mano y Guille en la otra, nos lanzó con una expresión gamberra:

"¡Nosotros salimos fuera un rato! **LUEGO NOS VEMOS, CARIÑOSSSS."**

Cynthia me miró divertida como diciendo… ¡pobrecito!

Los jugadores hicieron aparición en pantalla, al mismo tiempo que los amigos de Roberto revisaban con Mathew el *merchandising* que traían sus cubos de Heinekens. Se pintaron la cara de *cachondeo*, a Mathew le quedaba muy bien.

El partido comenzó y Cynthia se acercó hacia los chicos. La seguí cual lapa y nos sentamos en unos taburetes detrás de aquel tumulto que también se desperdigaba por el suelo. A la media hora marcó un tal Negredo y el ambiente se relajó bastante. Todo un *muermo* ya, la verdad.

Mathew estaba totalmente metido en el partido. Yo creo que su interés en mí era de cero sobre un millón. Vamos, que yo se la sudaba.

Allí sentadas, Cynthia me explicó sus estrictas rutinas de entrenamiento y cómo había decidido apuntarse a inglés tras sentirse tan perdida en la villa olímpica sin saber decir *ni papa*... Fue justo después cuando me mencionó algo **aparentemente** sin importancia, pero que captó totalmente mi atención. Aquello había sucedido hacía un par de años en uno de sus paseos con Rokko, su purasangre negro. Alternando su relato con sorbos de sidra, me explicó despreocupada:

"Ese día Rokko había entrenado como un jabato, así que por la tarde decidí premiarlo con un paseo. Lo saqué de las cuadras y en pleno atardecer, pusimos rumbo a la alameda. Marchábamos al trote, como siempre, él feliz. Pero lo que sucedió al pasar cerca de tu casa fue un poco raro, tía. Trotábamos junto al riachuelo que hay frente a tu torre, y entonces, de repente, Rokko se paró en seco, terco; no quería continuar la marcha. Nunca lo había visto así; ni en los días de competición, ni al subirse a los aviones, algo que odia. Tuve que darle pequeños golpes con la fusta, pero ni aun así me obedecía. Permaneció bloqueado cosa de un minuto hasta que al final logré que reanudase el paso. Y entonces, sólo unos metros más adelante, junto a un arbusto, apareció el cadáver de un perro muerto. Fluía sangre de sus tripas, el suelo se veía lleno de surcos en la arena. No había apenas moscas, aquello acababa de suceder. Lo más extraño es que junto a él, había unos cuernos largos, sin pizca de carne, pero **limpios y relucientes**. Era todo muy raro, parecía como aquello hubiese sido un ataque, como si algo se hubiese cargado al perro. Quizá había sido una serpiente... Pero... ¿y los cuernos? ¿Qué pintaban allí?

No entendía nada... Rokko aceleró el paso, yo creo que él también entendió que eso era *muy raro.*"

Cynthia detuvo por un momento su relato manteniendo una expresión pensativa. Tras un aquellos segundos de letargo, añadió:

"Yo estaba totalmente rallada. Y ya para rematar, casi me muero del susto cuando pocos metros más adelante, vi una pequeña vela encendida, clavada entre dos rocas. Aquello me dio tan **mal rollo**, que le marqué a Rokko para que se diese media vuelta, y nos largamos de allí al galope máximo."

Cynthia me narraba aquello entre la fascinación y el recelo, cuando Ekaitza **irrumpió** frente a nosotras como un huracán. Su semblante era de gran enfado:

"¡El cabrón éste se ha pirado!"

Ante tal comentario, miré a Cynthia sin saber qué decir. Ekaitza continuó:

"El *chirri* bien caliente me lo deja por segunda vez, y luego se pira el *hijoputa*..."

Me quedé en **SHØCK** al oír tales vocablos. Intenté fingir cierta preocupación en mi rostro, a lo que Cynthia susurró:

"Pero tía, ¿qué no sabes que éste está de *rollo* con *la Mónica*?"

Ekaitza, aún más **colérica**, replicó cortante:

"¡A mí me la suda lo que tenga por ahí! Pero coño, ¡si no va a rematar que no maree, que ya me jode!"

Me dio un vahído, pero ni me moví. Frente a nuestra aparente indiferencia, Ekaitza se marchó a la barra murmurando sola. Cynthia me indicó entonces con una expresión de *cringe*:

"**¡Qué tía!** Ésta, si ya de por sí tiene poco filtro…. cuando bebe, aún menos. El otro día aquí, se emborrachó como una cuba. Soltó delante de todos… que se había comprado un vibrador y que lo usaba pensando en Guille. Él estaba mientras pidiendo en la barra y cuando vino, no sabes las risas que hubo…"

Puse los ojos como platos al escuchar aquello. Cynthia, yo creo que me debió notar tan impresionada, que ni me dio conversación durante un buen rato. Fue poco después cuando Mathew pasó justo delante de mí para ir al baño. Debía llevar AXE o alguna colonia potente porque dejó una estela de aroma tras él que olía fenomenal. Inspiré para apreciarlo mejor, y me lancé a seguirlo disimuladamente con la mirada. ¡Era tan guapo! Lo observaba cruzar frente a la barra cuando de repente, una extraña visión casi difusa por su **incoherencia** en ese entorno, me sobresaltó. Envuelta en su ropaje negro, con su pañuelo enroscado en el cuello, en unos carcomidos zapatos negros y su pose de señora entrando en la ancianidad… la vi. Aquella estampa me sobrecogió. Leocadia… estaba ahí. Sentada junto a la barra de aquel bar. ¿Cómo podía ser? Su mirada se mostraba fija, atenta, su semblante serio y avizor, pero portando cierto celo y disimulo. Una infusión en una pequeña taza de loza reposaba solitaria a su lado. Levantó por un instante su rostro, y entonces *vislumbré* su arrugada cara. Todo mi cuerpo se estremeció en un potente temblor. Aparté la mirada cual centella al rebrotar de repente en mí todos mis profundos miedos.

Ni siquiera sabía si debía preguntarle a Cynthia. Seguramente me diría que aquello nada tenía de alarmante. Al fin y al cabo, las paranoias con Leocadia eran en realidad, algo meramente mío. Se basaban en afirmaciones de mi madre, quizá con poco fundamento. También estaba yo ese día en el Lilibeth, y nada *tan* malo pasaba como ella siempre me había advertido. Pero a partir de aquel momento, irremediablemente, me sentí totalmente alterada. Era como tener un colibrí, una mariposa, aleteando sin cesar alrededor de mi cabeza. Leocadia allí. No cuadraba. ¿Cuántos años le sacaría a la siguiente persona más joven que ella? ¿treinta? Su ropa, su postura, su actitud… todo desencajaba en mi noción de lo lógico. Cynthia me debió notar *rara*, porque me preguntó si estaba rayada por algo. Entonces yo, tratando de ocultar mi inquietud, le confesé con disimulo:

"¡Ah, nada!, jaja. Sólo que… está mi vecina, la castañera. ¿No te parece raro que venga aquí **una señora tan mayor**?"

Cynthia me respondió entonces sin ni siquiera girarse hacia ella:

"Alguna que otra vez la he visto por aquí. Se sienta en un rincón y se pone a mirar. Quizá venga a vigilar a alguna nieta. Éstos dicen que debe ser la dueña del local, que viene a echar el ojo… y que no lo dice por **miedo** a que le roben en su caserío, si la gente se entera de que tiene *pasta*."

Asentí levemente con la cabeza, al mismo tiempo que de nuevo, me volteaba con disimulo. Muy lentamente, como fingiendo buscar a alguien. Y en ese instante la atisbé. Su semblante permanecía grave, casi hipnótico, **neutro** pero severo. Disperso entre la cercanía de aquella barra, apuntaba en una clara dirección: miraba de reojo a Ekaitza. Más bien no de reojo, sino haciéndole una especie de seña, algo que parecía en clave. ¿Se conocían? Mi pavor superó en ese instante mi atrevimiento y como acto reflejo, hice regresar mi mirada hacia el partido. Mi mente daba vueltas, confusa. El corazón me palpitaba acelerado. Aquello no tenía sentido, esas piezas no encajaban de ninguna manera. ¿Qué podría estar sucediendo allí? Y de repente, de manera totalmente inesperada, una súbita e imponente llamada se impuso tras de mí cual bomba destructora.

"¡EH, INGRID! ¡VEN!"

Un helador escalofrío me recorrió al escuchar mi nombre. Dudé si debía reaccionar ante tal orden, o si podía obviarla. Y tras segundos de parálisis quizá me pudo la presión. Entre temblores, me volteé trémula, insegura… para comprobar que era Ekaitza quien, agitando los brazos, me urgía a que me acercase junto a ella. Acepté que no había escapatoria. Resignándome, me levanté y me desplacé fría como el hielo, autómata, hacia Ekaitza. Lo hice cruzando por el lado opuesto a Leocadia. Me cubrí la cara con la mano, fingiendo que me rascaba, para que no pudiese verme. Y entonces, nada más situarme junto a su silla, Ekaitza rodeó mi cuello con su brazo y empujó mi oído hasta su boca. Un intenso aroma a **vino barato** inundó mis fosas nasales mientras escuchaba:

"Sabes a qué te he invitado aquí, ¿no?"

El tono de Ekaitza era sarcástico, agresivo. Me sentí desprotegida, muy vulnerable en ese instante. Ekaitza añadió mordaz:

"¡Que se te nota *un huevo* lo que te mola **el Mathew**! ¡Jaja!"

Al oír aquello me debí sonrojar como un tomate. Me limité a esbozar una impostada sonrisa ante mi ingente incomodidad. Y entonces Ekaitza, liberándome de la presión de su torso, rio mordaz tras lanzar a grito pelado:

"¡Una buena **delantera** tiene España, lúcela más!"

Corrí despavorida hacia mi taburete. ¡Madre mía, qué horror de tía! Afortunadamente nadie reaccionó ante aquella indirecta de tan mal gusto. Suspiré y dejé pasar unos segundos antes de intentar entender *de qué iba* la conversación grupal de los chicos. Mathew hablaba cada poco, pero ni me miraba. Yo tampoco me atreví a meter baza entre sus comentarios, siempre de jugadas y de euforia por el resultado. Así fueron pasando los últimos minutos hasta que el partido terminó 2-0 y con cero avances en la materialización de mi *romance*.

Esa noche regresé a casa yo sola. Mi padre regaba los campos a las dos de la madrugada y no quería que se despertase por mí. Mi madre no conducía. Así que lentamente, dejé atrás el Ultramarinos Maite donde se situaba la última de las farolas del casco urbano de Txababerri… y me adentré en la espesura del largo camino descendente.

Los grillos sonaban **ensordecedores**. Quizá era la quinta o sexta ocasión que hacía aquel recorrido de noche en toda mi vida, contando también un par de veces en las que me había escapado de niña al pueblo. Ambas acabaron con un *castigo* monumental.

Saqué la linterna y enfoqué hacia el frente. Eso sí, mi padre sabía dónde encontrar buenos focos; era de minero profesional, iluminaban hasta casi un kilómetro. Sin embargo, aquello no evitaba que me sintiese aterrada en cada zancada que daba. El recorrido lo tenía perfectamente interiorizado; a la luz del sol lo habría caminado millones de veces. La bajada inicial tras el ultramarinos continuaba con un largo sendero que bordeaba el río. Tras ello, un giro a la derecha inmiscuía el camino entre el espesor de un húmedo y tupido juncal. Tras su salida, una choza de cañas, antiguo refugio de un vagabundo, marcaba la mitad del recorrido. Ese punto me **aterraba**. Desde pequeña, siempre pensaba que él estaría ahí, agazapado, escondido, al acecho de mí. Pero según mi madre, Mateo había muerto al poco de nacer yo. Aparecía en el VHS de la boda de mis padres. Aquella cinta contenía unos cuantos fotogramas en los que mi hermana y yo habíamos hecho *pause* en multitud de ocasiones. Nos inquietaba, pero al mismo tiempo, nos intrigaba.

Tras la choza, el camino bordeaba un largo campo de almendros. Justo después, se desplegaba la higuera en la que mis primos, para asustarme, decían que ahorcaban a los niños que sus padres no querían. Y ya finalmente a la derecha, sobre la colina, se alzaba la antigua granja de gallinas, abandonada tras un embargo hacía más de quince años.

Era un edificio ya **semiderruido**, cuyos cascotes se deslizaban entre la ladera, llegando en ocasiones a quedarse desperdigados por el camino. Suponían un gran peligro para las motos. Y ya, desde ese punto, una recta de cien metros conducía hasta el portal de nuestra torre: un edificio en piedra de tres pisos, de planta cuadrada. La buhardilla cuya ventana miraba hacia el camino era mi habitación, la que daba al jardín, era la de Felipa, mi hermana de doce años.

Repasar el recorrido mentalmente siempre me ayudaba a caminarlo un poco más tranquila. Todos los **peligros** estaban en mi mente, me repetía cual *mantra*. El cantar de los grillos resultaba cada vez más estridente, el croar de las ranas, el chasquido de los arbustos chocando con los troncos de los árboles… me inquietaban *in crescendo*. Al dejar atrás el juncal, sin embargo, tuve que parar a inspirar y a asegurarme de que aquel extraño zumbido resultaba, en esta ocasión… **demasiado real** como para tratarse de mi mera sugestión. En una zona ligeramente embarrada, el eco de un motor se fue haciendo cada vez más notorio. No había duda, aquello estaba sucediendo de verdad. El bramido de una moto se aproximaba veloz, implacable hacía mí. Comencé a asustarme sobremanera. No era lo normal. Nadie pasaba por ahí a esas horas… papá dormía. Mamá debía estar cenando con Felipa. Mis vecinos, ellos no conducían. En un instante, supe que tenía que esconderme. Era la única escapatoria. De un salto, me dejé caer tras los tupidos jarales que se amontonaban tras una pequeña elevación de tierra. Y allí, ya sintiéndome algo menos expuesta, obviando envolverme entre la imaginación de mi angustiada mente, espiré y esperé. Aterrada. Con el corazón en un puño, aquel rugido se alzó estridente. Un potente foco alumbró los tallos y las hojas del arbusto que me ocultaba. **Haces de luz** se colaron entre mis entrecerradas pestañas, deslumbrándome. Mi corazón palpitaba desbocado, el sonido casi quebró mis tímpanos por un segundo, cuando aquella moto de montaña cruzó cual relámpago y trueno simultáneo. Levanté la cabeza con sigilo presa de una gran necesidad de saber más, sólo lo justo para que mis ojos tratasen de entender aquella escena. Y entonces, de repente, para mi gran sorpresa, supe quién era. Había visto esa moto, esa chaqueta, hacía escasos minutos. No me lo esperaba. Ella. ¿Por qué? ¿A **dónde** iría? Era Ekaitza.

)☆☓☆(

En el desayuno de la mañana siguiente coincidí en la mesa con mi padre. Me preguntó que por qué había vuelto tan tarde la noche anterior, mamá se lo había dicho. Yo no quería que se enterase de que, finalmente, había conocido el Lilibeth. Pero aun así, me arriesgué a preguntarle por la identidad del dueño de aquel bar. Tras unos segundos algo confuso, me indicó que los propietarios eran unos primos de su proveedor de recambios de la John Deere. Vamos, que me quedó claro que Leocadia no era la dueña.

)☆☓☆(

El jueves en clase de inglés, Ekaitza se me acercó en el descanso y no pude evitar sonrojarme cuando me soltó:

"¡Eh!, que si quieres... nos vamos de *cerves* en cuanto acabe esto. Déjame a mí montar el plan, que *el Mathew* se apuntará fijo."

Ante mi evidenciable parálisis, me guiñó un ojo. Algo cortada, desvié en un instante mi mirada hacia él, escudriñando si merecía la pena algo más de esfuerzo. Verlo tan ajeno a mí en el bar, había aniquilado gran parte de mis esperanzas. Ekaitza, al intuir en mí cierta reticencia, completó:

"¡Pasando entonces! A éste también lo tengo en vereda. **Que le follen**, que es un *calientabragas*."

Soltó aquello tan alto, que Guille la tuvo que oír. Pero permaneció impasible, seguramente para evitar *complicaciones*. El resto de la clase siguió normal. Susana ese día la cagó con un ejercicio, era un *test* de cinco preguntas con tres opciones. Hizo las cinco mal, es que ya fue hasta mala suerte. Yo creo que no había hecho los deberes e iba eligiendo las respuestas sobre la marcha.

Pasadas las ocho bajábamos todos las escaleras cuando fue precisamente Susana, la que dejándome atónita, se acercó hacia mí. Con el cuerpo rígido y manteniendo cierta distancia, como si aquella conversación fuese fruto de una obligación, me soltó con absoluta neutralidad:

"¡OYE, TÚ! Una colega perdió un anillo por donde vives. Si lo tenéis por casa, tráemelo, que es de ella."

Solté un tímido *sí* ante su contundencia, a lo que Susana aceleró el paso y se largó.

Me quedé perpleja. No supe cómo interpretar aquello. ¿Acaso se trataba de una intentona de acercamiento? ¿Querían *firmar* la paz con nosotras? ¿O simplemente la historia del anillo era la verdad? Tendría que consultarlo con el resto de la cuadrilla en nuestra quedada de ese fin de semana.

☽✿✕✿☾

Tal y como me había prometido, ese viernes Sandra vino de San Sebastián. El sábado subimos a Pamplona en el último *bus* de la tarde, para salir de fiesta con éstas. Miren y Lucía ya se movían por allí como pez en el agua. Me sentí hasta **fuera de lugar**, inmersa en un ambiente al que para nada pertenecía. Salimos por *La Trave*, la zona de fiesta *pija,* frecuentada casi en exclusiva por los alumnos de la universidad privada. Había niñas con perlas por pendientes, chicos vistiendo Ralph Lauren, Tommy Hilfiger. No sé, no eran como *la Elisabeth*, aunque ella también vistiese bien. Eran como… de otro mundo, *rollo* algo que sólo había visto en el cine o en la televisión. En ese momento envidié a mis amigas. Iban a experimentar miles de cosas que para mí, seguirían perteneciendo al mundo de las películas. Dormimos en el piso de ellas y a la mañana siguiente, los padres de Sandra nos vinieron a buscar y nos llevaron a Txababerri. Ni siquiera me dio tiempo de ir al centro comercial a ojear disfraces; éstas me habían pedido que les confirmase si iba a asistir a *su gran fiesta* de Halloween. No sé si es que estaban ocupadas o con la cabeza en otra cosa, pero no pareció importarles mucho cuando les dije que no tenía claro si podría ir.

La familia de Sandra me invitó a comer en una sidrería. Y ya, me despedí de ella con un abrazo y le prometí que iría a verla un *finde* pronto. Después, a paso ligero, me dirigí hacia el camino de vuelta a casa; restaba apenas media hora hasta el atardecer y no quería quedarme a oscuras sólo con el móvil. Descendí la colina y me inmiscuí entre la humedad del camino, hasta cruzar al otro lado del juncal.

Cruzaba la choza de cañas cuando me sobresalté al darme cuenta de que no estaba sola. La imponente **presencia** de un silencioso y enorme BMW se materializó junto a mí bruscamente, cual figura espectral entre la maleza. Inquieta, esperé a que me adelantase, apartándome a un lado. Pero al instante, el coche aminoró la marcha, colocándose justo a escasos centímetros de mí. La ventana tintada descendió paulatinamente para mi desconcierto y entonces, unos ojos cincuentones de un hombre con gesto altivo, con cierto aire de sapo, me inquirieron con seguridad:

"¡SUBE, QUE TE LLEVO!"

Me dio un vuelco el corazón. Di un paso hacia atrás instintivamente. Lo miré intentando aparentar la máxima determinación y fortaleza. Sentí mi pulso acelerarse desbocado. No me atrevía a emitir sonido alguno. No tenía ni idea de lo que ese hombre querría. Él prosiguió sin variar ni un atisbo su tono de voz:

"VAS A CASA DE SATURNIO Y LEOCADIA, ¿NO?"

Paralizada por la tensión, tartamudeé temblorosa:

"No, no voy allí. Gracias."

Aquel señor entonces, caballerosamente, intercambió el excitado gesto de sus ojos por otro más comedido y se excusó somero:

"Disculpa, creo que te he confundido con otra persona."

Elevó la luna de la ventanilla y de un acelerón, se perdió tras un giro en el horizonte del camino.

Expiré hondo en un intento de recobrar la compostura. Y lentamente, traté de procesar en mi mente aquella rara escena: ¿Quién sería ese señor? ¿El hijo de ellos? Pero mis padres siempre habían dicho que no tenían hijos… ¿sería un sobrino? Esa mirada, ese gesto altivo, aquel imponente coche, ese halo de soberbia… me habían dejado un muy mal regusto. Desde luego, **no** era el tipo de gente que solía verse por el pueblo.

Continué el camino intentando evadirme de aquello. Así que me dispuse a barajar qué haría respecto a los nuevos planes de Halloween. ¿Iría finalmente a aquella fiesta en Pamplona? ¿A qué se debía la indiferencia de Lucía y Miren respecto a mi asistencia? Inmersa en aquel mar de dudas, dejé atrás la granja abandonada y ya, a los pocos metros, vislumbré mi amada casa. Suspiré aliviada; desde aquel punto exacto las cámaras de seguridad ya alcanzaban a grabar esa parte del camino. Era una tontería, pero siempre había considerado tal lugar como el comienzo de mi *protección*.

Distinguí a mamá alimentando a las gallinas enfundada en su traje tradicional. A pesar de sus sólo treinta y siete años, aquellas sayas y ropajes la hacían parecer una señora que podría doblarle la edad. Corrí hacia ella dejándome llevar. Pocas veces pasaba la noche fuera de casa y en ese momento me sentía incluso como regresando de un largo viaje. Pero justo antes de cruzar la cerca de madera de nuestro jardín... algo me detuvo; un rayo de luz metálica desvió mi campo de visión cual señal reveladora. Allí, aparcado de manera imponente, dominando la fachada de la vieja torre de Leocadia, se alzaba el BMW de aquel turbador señor. Y para mi mayor sorpresa, un inquietante descubrimiento provocó que **todo mi cuerpo** temblase en un monstruoso vahído... había algo más. Tuve que acercarme para asegurarme de que aquello no era fruto de mi alterada consciencia: la moto de Ekaitza reposaba junto al maletero del flamante y oscuro coche. Mis niveles de desconcierto se dispararon hacia el infinito.

)✣✕✣(

El martes, finalmente, les comuniqué a Miren y Lucía cual era *mi decisión*; no asistiría a su fiesta en Pamplona. No es que no me apeteciese, pero ante la tibieza de Miren al responder a mis preguntas sobre dónde dormiría yo... decidí que era mejor no estorbar. En parte lo entendía, tendrían la casa hecha un asco después de la fiesta, y si además ya se quedaban sus novios con ellas... no podría dormir en su habitación. Eso sí, me juraron que vendrían conmigo a San Sebastián a pasar el *finde* de mi cumple con Sandra. Escuchar aquella promesa sí que me dejó, al menos, algo más tranquila.

Así que esa mañana aproveché para pasarme por el bazar chino de al lado del instituto de FP. Ojeé un par de disfraces de vampira, de *catwoman*, de bruja... Había también algunos bastante provocativos que parecían más bien de *sexshop*. No sabía muy bien qué selección habían hecho de *stock*, pero… no se veían para nada disfraces normales; eran *pornescos*. Me decidí finalmente por uno de WonderWoman. Cogí además maquillajes para darle un toque más gótico, más *halloweeño*. El plan; cena en casa con mis padres y mi hermana. Supondría además la celebración adelantada de mi cumpleaños con ellos. Todos nos íbamos a disfrazar. A Felipa **le encantaba** aquello; estrenaba traje cada año. Lo malo era que, al no tener vecinos —palabras textuales de mi madre—, nunca habíamos podido ir a pedir caramelos. Al final, todo se reducía siempre a nuestra imaginación.

Justo después de mi compra *express*, fui directa a la academia de inglés. La primera hora de clase pasó sin pena ni gloria. La teoría sobre verbos modales… aburrida, mucha gente tampoco traía los deberes hechos. Sin embargo, justo antes del descanso, un detalle provocó en mí una gran sonrisa; Mathew nos estuvo exponiendo su historia personal. Dejó caer **CLARAMENTE** que no tenía pareja. Y no sólo eso; nos explicó que estaba montando grupos de clases privadas. Nos pasó su cuenta corporativa de Instagram y nos invitó a agregarlo si nos interesaba. Por supuesto que lo agregué en el acto. En el descanso, él nos fue *solicitando amistad de vuelta*. Me sentí entonces super aliviada; tenía ya una forma *no oficial* de comunicarme con él. Incluso una vez terminase el curso, podríamos seguir manteniendo el contacto… ¡qué maravilla!

Me encontraba en pleno pico de euforia cuando Ekaitza se me acercó sigilosamente. Yo había estado evitándola **a toda costa**, porque no quería que me notase tensa, no sé. Le tenía cierto miedo, o impresión. Saber que iba a esa casa, allí… ¿a qué? Nada bueno debería estar haciendo, al menos en base a lo que mi intuición me indicaba. Yo creo que ella algo se imaginaba que yo ya sabía, porque ni tanteó el terreno. Frontalmente, me soltó:

"¿Sabes que estuve el domingo cerca de tu casa? En el caserío que hay justo después…"

Al escuchar aquello **intenté** forzar una expresión de cierta sorpresa. Ekaitza no se detuvo ni un instante antes de añadir:

"¡Tienes que pasarte un día! ¿Esta semana o la que viene te va bien?"

Me quedé en *shock*. Inconscientemente desvié mis pupilas hacia un lado, intentando no manifestar lo incómoda que me sentía. Ekaitza ignoró mi silencio y prosiguió cálida:

"Solemos estar allí tomando un té, Leocadia los hace muy ricos. En el horno asa castañas, nos pone tostadas con una especie de Nutella que hace ella casera… está todo de lujo. Vente si quieres este jueves después de inglés, que nosotros iremos."

Al escuchar ese "nosotros", una potente alarma sacudió todo mi interior. Pávida por dentro, tartamudeé:

"¿**NOSOTROS**? ¿Es que… vais muchos?"

Ekaitza soltó una leve risa como ya esperándose esa pregunta, y expresó:

"No, jaja. Sólo Óscar y yo. Te encontraste con él el otro día cuando ibas a tu casa, ¿no? Me lo dijo, jaja. Es un conocido mío, también le gusta esto de hacer compañía a gente mayor que se encuentra sola. Te caerá genial, es majísimo."

Oculté en ese instante mi enorme pico de recelo. Ekaitza no era de ir por caridad a acompañar a ancianos. Pero todavía me resultaba menos lógico que alguien como Óscar, tal y como su mirada y actitud me habían transmitido, estuviese involucrado también en algo así…

Todo me parecía cada vez más inquietante. **Algo** escondían, claramente. En medio de aquella tensión, opté por excusarme:

"¡Ah!… pues no creo que pueda. Es que, además, tengo poco trato con ellos. Pero me alegro de que les hagas compañía."

Ekaitza frunció el ceño en silencio y oprimió levemente los labios. Mi mente se preguntaba confundida; ¿Tanto le interesaba de repente a Ekaitza mi amistad? Ante mi cada vez mayor incomodidad, opté por salir a la desbandada:

"¿Has visto que Mathew nos ha agregado de vuelta? Jaja, a ver si podemos quedar otra vez todos como el otro día… me gusta cada vez más…"

Intenté por medio de aquella impostada confesión mostrarle una cierta *confianza*, contrarrestar mi palpable recelo… Tampoco quería sentenciarla por saber que iba a aquella casa. Al fin y al cabo, no tenía ninguna prueba de nada.

Afortunadamente el resto del descanso fluyó bien. Guille le preguntó a Mathew sobre los precios de las clases privadas, porque iba *a full* a por el *First*. Y tras concluir la hora restante de clase, cuando ya todos recogíamos, Ekaitza, sin esperarlo yo **para nada**, me guiñó el ojo y lanzó al aire:

"Chicos… oye, los futboleros y compañía… ¿nos vemos el jueves para unas *birras*???"

Mathew esbozó entonces una cierta cara de *poker*, como si se sintiese en un compromiso. Guille dijo que tenía ya planes. Al final, entre escusas y *esquivamientos*, se cerró una quedada provisional para el siguiente martes. En parte me sentí reconfortada; tendría una nueva oportunidad de acercarme a mi Mathew ♥.

)⁎⁎✕⁎⁎(

El jueves siguiente la clase se canceló por la muerte de la abuela de Mathew. Se había ido a Santurce al funeral, que justo se celebraba esa misma tarde y no dio tiempo a buscar un profesor sustituto. Por tanto, el rato que normalmente pasaba haciendo los deberes de la inminente clase, lo invertí en las últimas compras de los preparativos de la fiesta de Halloween. Mi madre quería decorar la casa con guirnaldas de murciélago, así que me pasé por la papelería de la tía Mariví y cogí unas cartulinas. Además, papá estaba preparando un brazo de gitano con mermelada de frambuesa. Le faltaba la cobertura de chocolate negro, por lo que me acerqué al ultramarinos y compré un par de tabletas.

Eran alrededor de las cinco y media cuando me dispuse a volver a casa por el camino habitual. Se notaba claramente que cada semana que transcurría, el atardecer se adelantaba de manera considerable. No podía confiarme, así que aceleré el paso.

Descendiendo la colina, saqué mis auriculares y los engarcé en el MP3. Me puse el *podcast* que Mathew nos había pasado por *email*. Me acordé de su bello rostro en ese momento. Realmente, lo echaba de menos. Me había entrado un gran bajón al saber que hasta el próximo martes no iba a tenerlo frente a mí. Y entonces, presa de mi ansiedad, abrí Instagram anhelando ver una vez más su cara. Salía tan bien en la foto de perfil... ¡tan guapo! Tenía ya unos doscientos seguidores. Abrí los MD y entonces cavilé si debía enviarle algo o no. Dudé durante varios minutos hasta que, guiada por una incipiente ansia, escribí sin tenerlo nada claro:

Siento mucho lo de tu abuela. Siempre tendrás los años y las experiencias que viviste con ella.

Añadí el emoticono de un corazón. Dudé de si era apropiado. Lo borré y lo volví a poner. Al final lo dejé como muestra de cariño y de un arrebato, lo envié.

...

...

Continué caminando concentrada en aquella narración sobre la revolución industrial en Inglaterra. Era un *podcast* bastante aburrido y difícil de entender. Atravesaba el largo camino rodeado de almendros, ya casi envuelta en una plena oscuridad, cuando una notificación de Instagram provocó que todo mi cuerpo sufriese un espasmo *adrenalínico*; Mathew le había dado un «*me gusta*» a mi mensaje privado. Y no sólo eso... le había regalado también un *like* a la última foto de mi *feed*. Aquello me provocó un descomunal subidón. ¿Qué podría significar ese gesto?

Fui completando los metros de aquel camino rodeada por un mágico atardecer, *imaginándome ya con* **ÉL**, compartiendo cafés, viajes, sonriendo y disfrutando juntos. Era sólo un *like*, sí, pero, así suelen ser los comienzos de las relaciones, pensé... nada empieza sin un juego previo. Barajé entonces; ¿debería darle un *me gusta* de vuelta a la última de sus fotos? ¿Mejor esperar al martes para ver su actitud hacia mí en la siguiente quedada *postclase*? ¡Uff!, estaba muy emocionada, la verdad.

Llegaba ya casi al final de mi trayecto cuando bruscamente, un tenue sonido no del todo desconocido me despertó de aquella ensoñación. Al percatarme de dónde provenía, un escalofrío me recorrió cual rayo. Presa del pavor, lo visualicé flagrante junto a mí; el BMW, de nuevo. En esta ocasión la ventanilla ya estaba bajada. Tras ella, Óscar en un elegantísimo traje. Esta vez su mirada se discernía distinta. Era casi desafiante. Impostada. Transmitía un claro ofrecimiento que parecía no admitir ser rechazado. Mi corazón se aceleró desbocado. Asustadísima, apresuré el paso intentando escapar de allí. Sin embargo, era obvio que aquello iba a resultar en vano; el motor de aquel coche aceleró implacable, al mismo tiempo que una voz chulesca mentaba:

INGRID, ¿A DÓNDE VAS? ¡VEN AQUÍ!

Escuchar mi nombre con tal contundencia hizo que me rompiese de pavor. Me quedé bloqueada, paralizada. Aterrada y cohibida por él, pero sin querer tampoco ceder a su mandato. Y entonces, el coche se aproximó todavía más, lentamente, hasta mi cuerpo. Inconscientemente retomé el paso, a lo que Óscar, ajustó progresivamente la velocidad a mi creciente ritmo. Y en aquel momento, con sus ojos totalmente centrados en mi rostro en lugar de sobre la carretera, me susurró con un serpenteante hilo de voz:

PÁSATE LUEGO UN RATO. TU AMIGA EKAITZA VENDRÁ TAMBIÉN. HE TRAÍDO BEBIDAS...

Ante el gran desagrado que sus palabras me causaron, di involuntariamente varios pasos escalando la ladera. Me atreví a ni siquiera contestarle. Pensé incluso en trepar el monte hacia la granja abandonada para desviarme del camino. Él debió notar en ese instante mi infinita tensión, porque de repente hizo ascender la ventanilla y de un acelerón desapareció tras la pendiente. Corrí esbozando atropelladas zancadas hacia mi casa sin pensar. Y al aproximarme al jardín, pude percibir en un instante que su coche yacía aparcado frente a la puerta de Leocadia. Esta vez, solitario.

Acelerada, crucé la valla de madera, giré la llave y me resguardé en el recibidor. La alfombra de alpaca se encontraba manchada de barro y la chimenea brotaba encendida. Unas botas sucias ocupaban el lugar de mis zapatos. La risa de mi primo Beltrán se oyó en el piso superior. Entendí, por tanto, que aquella noche habría cena especial. Y **de repente**, un rugiente motor se apoderó del ambiente por medio de un sonoro bramido. De puntillas alcé mi mirada sobre el ventanuco que daba a la calle. Y tras el viso de gasa, los potentes focos de la moto de Ekaitza cruzaron mi campo de visión de extremo a extremo. Con nocturnidad y cierta alevosía, de nuevo, un inquietante conclave acontecería en aquel caserío.

)✵✕✵(

Al día siguiente aproveché para ponerme al día con los deberes del módulo. Y ya, desde las cuatro de la tarde, toda la familia nos entregamos a los preparativos de la gran cena de Halloween. Mi madre había convencido a Beltrán para que se pasase de nuevo. A pesar de sus veintidós, le pareció buen plan, lo cual me sorprendió. Quizá le había gustado tanto el estofado de mi padre, que no le hizo ascos a una nueva cena con nosotros aun teniendo que disfrazarse por ello.

A mi hermana se la veía más feliz que nunca. Apareció vestida de diablesa, lo cual no me lo esperaba para nada; nunca había mencionado que ese tipo de disfraz le gustase. Mamá y Papá vinieron a juego, de vampiros. Eso sí que no me sorprendió, mamá siempre compraba lo de ambos.

Y yo, pues me puse mi disfraz del *chino* de WonderWoman asesinada. Una cosa algo rara, pero bueno, el presupuesto no me daba para más. Beltrán usó el traje de Frankenstein de papá del año anterior. La comida hay que reconocer que estuvo deliciosa. Todo temático: *nuggets* con forma de dentaduras, sopa de algas *arácnidas*, postres sangrientos...

La noche se remató con partidas de SingStar, una *gimnkana* preparada por Felipa en la que tuve que comerme unos ojos de gelatina, una partida a las JollyBean de sabores pestilentes... Todo estuvo muy *de risas*. Sacamos mil fotitos, todas muy *guays*.

A eso de las doce Beltrán se marchó a casa a lomos de su vieja bici. Felipa y yo ayudamos a recoger todo como buenas chicas y acto seguido, nos subimos a la habitación de ella. Allí, mirando al jardín iluminado por la luna llena, le leí una historia terrorífica que había encontrado por internet. Trataba sobre una fuente de porcelana encantada de la que salía el fantasma de una niña. La verdad es que era una historia bastante estúpida, pero a Felipa no le disgustó del todo. Después, para mi **gran sorpresa**, me preguntó por mi vida sentimental. Aquello me chocó, nunca habíamos hablado nada respecto a *esos temas*... En fin, que los doce la estaban golpeando a todos los niveles, incluido el hormonal, pensé. Le di largas, en parte porque tampoco tenía mucho *bueno* que contar. Y ya tras taparla con la manta y darle las buenas noches, me fui a mi habitación.

Sobre la cama me metí a Instagram, aunque preferí no abrir las *stories* de Lucía y Miren. Seguro que acababa por deprimirme más si las veía *dándolo todo* en su fiesta, con todos sus nuevos amigos. Decidí subir una de las fotos que había sacado esa noche, en forma también de *story*. Tenía el ansia de que Mathew lo viese... no sé. Era una tontería, pero necesitaba que él estuviese al tanto de lo que yo hacía, saber que formaba parte de su vida de alguna manera.

Chequeaba por enésima vez las fotos de su perfil cuando de repente, como si la pregunta de mi hermana hubiese supuesto un **acto premonitorio**... una notificación de Tinder me indicó que había recibido un SuperLike. El primero. **WØW!** El corazón se me aceleró por momentos. Ansié que fuese de alguien que me gustase. Seguramente el comenzar a conocer a algún chico nuevo me daría una visión menos apesadumbrada de las cosas...

Con el corazón palpitando, como acto reflejo me cubrí con la sábana y después, deslicé el dedo hasta golpear suavemente la notificación. Tinder se abrió de repente y entonces vi a Erik. A primera vista me encantó, me pareció guapísimo. Quizá tenía un cierto aire a Guille, pero era más de mi edad, como de veinte o así. Transmitía *buen rollo*, de cuerpo además se le veía atlético. No sé, me quedé muy impresionada al ver aquello. Con enorme curiosidad deslicé el dedo y pasé a la siguiente foto. Casi me desmayo. Salía sin camiseta, con pectorales bien definidos. Además, el estilismo en plan *surfero* de San Sebastián, pero no *pijito* total, sino más bien con un toque *borrokil*... ¡buff! Me encantaba ese *rollo*. Las dos siguientes fotos eran de él con amigos en un restaurante vasco. Y ya la última un primer plano suyo, una foto algo borrosa, pero en la que también salía genial. Me quedé tan *shockeada* al saber que yo le interesaba a un tío así... ¿Qué se debía hacer en esos casos?; ¿hablar?, ¿callar y esperar? Sandra siempre repetía que, en Tinder, había que *currárselo*, porque si no era confirmar que, o eras una sosa, o que la otra persona no te interesaba. Así que estuve pensando un buen rato en algo que no fuese un *hola, qué tal?*. Por un momento Mathew dejó de existir, lo cual hizo que me sintiese hasta infiel... ¡qué cosas! Al final, envié tras barajar, escribir y borrar miles de opciones:

¿Qué tal va la noche de Halloween? Me imagino que poco plan fiestero, no? Si estás en Tinder jaja... como yo pues.

Nada más enviarlo lo intenté borrar. Vi que no dejaba. **HØRRØR!** Ese mensaje era de *pava* total. Suspiré frustrada. Y al ver que no me respondía, me empecé a preocupar seriamente. Di por hecho que había desperdiciado aquella oportunidad; no me iba a escribir de vuelta ante tal estupidez. En fin...

Miré el reloj. Después hice regresar la mirada a la pantalla, buscando una respuesta. Pero nada. Revisé las fotos de Erik. Las de Mathew. Luego volví a las de Erik. Volví a revisar Tinder en busca de un mensaje. Debían ser las dos cuando, con los ojos extenuados, cedí a dejarme caer en un sueño profundo.

Noviembre, 2013

Como cada 1 de noviembre, mamá, Felipa y yo nos lanzamos a completar el ritual de Todos Los Santos. Fuimos a la iglesia y después al cementerio. Allí mi madre se encontró con muchas de sus amigas del colegio. Ellas, sin embargo, iban con niñas más pequeñas que yo... y es que el desliz que yo les supuse... fue potente. Tener un bebé con veinte era muy raro en los 90s. Mi hermana jugueteaba en la puerta con un par de chicos de su clase que, al igual que ella, habían ido obligados allí. No quiso entrar con nosotras; el cementerio yo creo, le imponía bastante.

Esa misma noche decidí acercarme a Pamplona en *bus* para cenar con Miren y Lucía, ante su gran insistencia. Las noté estresadas, como arrepentidas de algo o con ganas de volver al *petit-comité* de siempre. El plan iba a ser *muuuy* de *tranquis*, me habían asegurado ante mi reticencia inicial.

El autobús me dejó a las nueve en la estación central. Bajo la marquesina, ambas me llamaron alzando los brazos, bien cubiertas por sendos *anoraks* de plumas. Nos saludamos con un abrazo entre el denso vapor blanquecino que desprendían nuestras bocas. Durante el camino hacia su piso les puse al día de los últimos cotilleos del pueblo y les enseñé una foto de Mathew. Lo examinaron con ansia, pero tampoco se volvieron *muy locas* por él, no sé. Les pareció normal, un poco **mayor** para mí. De Erik no les dije nada porque ni me había contestado a mi mensaje. No quería que me viesen como una desesperada-paranoica.

Fuimos a cenar al Clover, un restaurante americano en madera, bastante *guay*. Pedimos ensalada, unos *fingers* de pollo y algunos platos vegetarianos. Y justo cuando el camarero se llevó las cartas, Miren me miró con el semblante serio, como si hubiese llegado el momento de abordar la *cuestión de la noche*:

"Bueno, la fiesta... nos salió el **tiro por la culata**... ¡no sabes la que se lio! Vino la policía."

Al oír aquello me giré con desconcierto hacia Lucía. Noté que sus ojos reflejaban también agobio extremo. Miren añadió entonces:

"Nos han puesto una multa de 450 euros por alterar el orden público."

Me estuvieron contando que se les había colado gente de una fiesta Erasmus que había en la calle Serafín Olave, cerca de su piso. Se colapsó el ascensor, gente borracha llamando a los timbres como si fuese un piano, haciendo melodías. Una erasmus de Lituania meó en unos sofás del recibidor, y el novio de una chica *pijita* que había conocido la otra vez, había *potado* por la ventana y había caído parte de la *vomitina* en el balcón de los de abajo. Vamos, que gracias podían dar de que la multa hubiese sido sólo eso. Miren, sin levantar la mirada de la mesa, añadió avergonzada:

"Nos ha dicho la casera que a la mínima nos piramos, y sin fianza."

¡Buff! Vamos, me alegré de **no haber ido**. Ni salieron ellas de fiesta después ni nada, se quedaron recogiendo todo, hasta limpiando el *pis* de la otra... Por lo visto, además, en un cajón había unas figuritas de Lladró de unas bailarinas flamencas y habían desaparecido. Respecto a eso, Lucía expresó nerviosa:

"Espero que la casera no se acuerde de que las tenía, porque en el inventario no las puso."

Tras aquella sesión de desahogo, llegamos de vuelta al piso a eso de las doce y media… éstas no podían más. Yo dormía en el colchón inflable, en el salón. Los novios estaban en una cena por su cuenta y volverían más tarde. Revisaba Instagram cuando, justo antes de dormir y para mi descomunal sorpresa, vi que Erik había respondido a mi mensaje. Se me desbocó el corazón al ver la notificación.

OMG! No me veía ni capaz de leerlo. Tras casi cinco minutos intentando serenarme, me lancé finalmente a hacerlo entre el agitado pulsar de mi corazón:

¡Hola Ingrid! Sí, ayer fue la cosa tranquila. Hoy salimos los colegas. ¿Tú cómo llevas la noche?

¡Qué fuerte! Al final me había contestado. Ni me lo creía. ¡Buff! Pensé un buen rato sobre qué debía responderle. Al final, le contesté que estaba en Pamplona y que todo bien. Sorprendentemente, esta vez me respondió al momento.

Estuvimos hablando un buen rato, quizá media hora. Parecía interesado de verdad, además majo, no sé. Me contó que estaba de prácticas en Pamplona y que iba a veces a Txababerri a revisar la instalación eléctrica de la estación de tren. Después le expliqué sobre mi módulo, lo que estaba haciendo ese *finde*… de todo un poco. Ese día me fui **tan** ilusionada a la cama, que ni me importó que Mathew no hubiese visto el *story* de mi comida.

)✻✕✻(

Al día siguiente, estábamos las tres desayunando en La Taberna, una panadería muy *cuqui* de la avenida Pio XII, cuando me lancé a contarles lo de Erik; ya sentía que aquello tenía el fundamento suficiente. No llevaba explicándoles ni cinco segundos cuando las dos me exigieron al unísono que les enseñase su foto. La verdad es que me moría por hacerlo. Entre temblores abrí Tinder y se la mostré sin poder frenar una incipiente sonrisa. Y nada más verlo, Miren se quedó boquiabierta y Lucía hasta soltó un gritito antes de bramar:

"¡ Tiiiiiiiiiiiiiiiiiiiiiiiiiiiiiiia! ¡Esta buenisimo!. ¡Ostras! pero… ¿**qué no será** cuenta falsa?"

Frunciendo el ceño me quedé en silencio. Lucía se apresuró a contestarme al percibir mi irritación:

"¡**Ayyyy**! que no digo que sea mucho para ti, perra. Jaja. Pero a ver, es que tía, este *jambo* parece de revista, no sé. Es que está tan *tremendaco*, que yo qué sé…"

A lo que Miren completó:

"**Ay** tía, es que menudo tío *buenorro*…"

Estuvimos debatiendo un buen rato sobre la posible *no veracidad* de aquello. Un mensaje suyo, casualmente, brotó deseándome los *buenos días* mientras hablábamos de él. Serias, me advirtieron que le pidiese el Instagram cuanto antes; era mejor comprobar y asegurarse. Así que eso hice; educada pero clara, le pedí su *arroba*. Y tras mi mensaje, las tres esperamos entre sorbos de café y risas nerviosas. Sin embargo, tras aquella precisa petición, la conversación con Erik se detuvo.

Estábamos en el piso cocinando pasta con los novios de ambas, cuando mi bolsillo vibró. Erik me había contestado. De reojo vi que el mensaje venía con un **nick**. Casi me desmayo. Me fui al baño a agregarlo. No quería que, en el caso de ser un *fake* o algo raro, éstas lo vieran también.

Encerrada allí mientras hacía *pis*, ojeé **toda** su cuenta en detalle. Tenía 703 seguidores. El perfil parecía verdadero. De las fotos de su *feed*, dos eran las de Tinder. Habría como cuarenta fotos, y en la mayoría salía él o paisajes. Sobre todo tenía de *surf* en Zarautz y Biarritz, con el neopreno. No sé, es que me recordaba a las series de *tiobuenos* de *surf* de Australia que echaban por la Disney Channel. Tenía el pelo castaño claro ondulado, sonrisa grande, con dientes superbién puestos. Mandíbula así marcada, cuadrada, como muy firme. Lo único que no me gustaba era que una chica rubia salía en varias fotos… Ansié que fuese su *ex*, una prima, pero no una amistad muy *cercana*…

Me di cuenta de que me estaba revolucionando **por completo**. Y para nada quería que aquello sucediese tan pronto. Y es que era cierto lo que habían *medio-dicho* éstas…

que él parecía mucho para mí. A ver, o sea, que me refiero… que yo era normal tirando a **fea**, aunque no lo quisiese **reconocer**. Por algo en clase los chicos nunca me habían hecho caso, y lo mismo en Tinder, en otras *apps*, en fiestas a las que había ido… siempre me sentía **un poco** como el último mono…

Dejándome llevar por la ilusión salí del baño y entré en la cocina. Los chicos daban vueltas a los *fetuccini* en la salsa de tomate. Les hice una seña a Miren y Lucía y me las llevé al salón. Y allí les enseñé el perfil. Se quedaron al igual que me había quedado yo, muertas. Lucía exclamó totalmente boquiabierta, apoyándose sobre mi hombro:

"¡Pero tía!, ahora que te siga de vuelta o te mande *privi* desde Instagram. Que si no, ¡tampoco sabes si es él o no el del perfil ese, **jaja!**"

Me sonrojé al ver lo *pardilla* que había sido. Era cierto; podrían haber hecho una cuenta en Tinder con las fotos de aquel perfil. Presa de un gran nerviosismo pulsé la barra azul de *seguir*, abrí los MD y tecleé casi entre temblores:

Hola Erik, soy Ingrid :)

Y ya entonces, desviando el tema por si acaso me la *habían colado*, propuse:

"¡Venga chicas!, vamos a ayudar a éstos, que si no **nos dirán *jetas*.**"

No obtuve respuesta de Erik durante toda la comida. Ni por Tinder, ni por Instagram. Miren y Lucía no mencionaron nada más, pero estaba segura de que iban a comentar luego, cuando me fuese, lo en la **inopia** que yo debía estar, **creyéndome** que tal tío *buenorrro* **podía** tener interés en mí.

Marchaba en el bus de vuelta cuando Erik me agregó a Instagram. Me quedé en *shock*. Eufórica. Ya había dado por perdidas todas mis esperanzas. Le envié pantallazo a éstas para que lo vieran, incluyendo una foto de sus *stories* de él comiendo, demostrando que, en efecto, estaba en Pamplona y no era ningún *catfish*. Me sentía flotando entre nubes de algodón. Le contesté e iniciamos una nueva y larga conversación. Erik estaba entonces de sobremesa con algunos de su empresa. Hablamos y reímos intercambiando anécdotas.

Fue caminando de vuelta a casa cuando intenté poner un poco de orden en mi cabeza ante tal *subidón* de adrenalina. Todo parecía haber mejorado de manera súbita. Inmersa en aquella sensación de bienestar fui recorriendo, casi **flotando**, aquel sinuoso camino que ya comenzaba a oscurecerse. Los retorcidos arbustos parecían menos amenazantes, más amables que sólo unos días atrás. Quizá mis pupilas estaban adaptándose demasiado rápido al nuevo tono de rosa que de repente coloreaba mi vida.

Fue al dejar atrás la granja abandonada, a escasos metros de la puerta de mi jardín, cuando la punta de mi zapatilla chocó repentinamente con un objeto liviano, el cual crujió al golpear el tronco de un árbol. Sonó a algo hueco, aparentemente frágil. Pero pese al impacto, no se rompió ni un ápice. Con curiosidad dirigí mi mirada a un lado del camino, hacia aquel objeto blanquecino y ancho. Mis sospechas se confirmaron cuando la luz del *flash* de mi teléfono impactó contra su desnuda superficie. Aquello estaba hecho de hueso; se trataba de un cráneo alargado.

Quizá pertenecía a una vaca o a una cabra. Me acerqué con cierta curiosidad a examinarlo. Sus aristas se venían desgastadas, ciertamente roídas. Faltaba la mandíbula inferior, de la superior, también muchos de los dientes. Y entonces me percaté de que, sobre la pulida superficie de una de las cuencas oculares, resaltaba una marca rojiza. Formaba una línea curva y zigzagueante, continua y difusa en sus extremos, cual serpiente. ¿Sería aquello sangre? Aceleré el paso presa de una sensación de ligera extrañeza.

Inmersa en aquella mezcla de intensas emociones crucé con ansia el portal. Alcé la voz avisando de mi llegada, a lo que alguien respondió con un potente silbido desde el salón. Mamá y Papá completaban un pequeño puzle de la Torre Eiffel con Felipa cuando abrí la puerta. Se levantaron al verme y me dieron un cálido abrazo. Charlamos animadamente y tras un rato subí a darme una ducha y deshacer la mochila.

Aquella noche, sobre la cama, mi mente era incapaz de no regresar, una y otra vez, al origen de todas mis repentinas fantasías. Erik era tan guapo, tan perfecto... ¡y me había agregado de vuelta! Revisé de nuevo todo su

Instagram, inevitablemente. Supuse que él habría estado revisando también mi treintena de *posts*. En mi *insta* yo tenía *todo tipo* de fotos, en alguna salía bien, en otras no tanto. Me habría visto incluso en las del viaje a Salou que iba en *bikini*, con **lorzas** y tal de mi época más *gordi*... ¿Las habría mirado? ¿y no le importaba aun así? Como todavía quedaban en mi cabeza resquicios de resquemor del comentario de Miren, respecto a que él era demasiado para mí... quise aplacar de una vez aquella perpetua sensación de inseguridad. Cogí el móvil, me metí a los MD de Instagram y le escribí, quizá pasándome de temeraria:

Hola! Estoy ya de vuelta en Txababerri. Perdona que te pida esto, pero no quiero tener problemas luego jaja. Me puedes mandar un selfie por insta ahora... como enseñando tres dedos.

Erik leyó el mensaje a los diez minutos. Y ni me preguntó que para qué lo quería. Simplemente recibí un *selfie* con su sonrisa perfecta, y tres dedos en su mano izquierda. Espiré totalmente aliviada. No había duda; la cuenta de Instagram, el perfil de Tinder, eran de quien decían ser. Tal respuesta hizo que ya me sintiese plenamente segura para confiar en la *autenticidad* de aquello. Y durante los siguientes minutos, me planteé si debía materializar la pregunta que circulaba mi mente. ¿Sonaba demasiado patético? Al final, sin embargo, me atreví:

Y... así que SuperLike. Por qué? Jaja.

Érik, entonces, pasó en estado *escribiendo* un buen rato. Aquellos segundos se me hicieron eternos hasta que finalmente, pude ver cómo su respuesta se materializaba en mi pantalla:

Se te ve que eres maja, seguro que somos compatibles. Quiero conocerte y ver qué pasa.

¡Wow! Aquello me sonó perfecto. De maravilla. Fue la respuesta, yo creo, que más me podría gustar de todas las posibles.

Continuamos hablando un buen rato más hasta que nos dimos cuenta de que se hacía muy tarde. Le envié un *buenas noches* con el *emoji* lanzando beso-corazón. Me planteé si me había pasado de directa. Él, sin embargo, contratacó con un mensaje que aceleró mi pulso, si cabía, todavía más:

¿Quieres que tomemos algo este martes por la noche? Es el único momento que puedo.

¡¡¡¡AAAAAAAAAAAARRRRRRRRRRRRR RRRRRRGGGGGGGGGGGGGGGG!!!! No podía ser posible. ¿Íbamos a quedar ya en persona? ¿YA? Mi cabeza daba vueltas como una lavadora. Dos días de chat era muy poco, pero no quería poner en riesgo aquella preciada oportunidad. ¿Qué debía hacer? Tras pensarlo sólo un instante supe que tenía que agarrar las riendas de aquello. Le dije que sí sin querer darme la oportunidad de dudar. Y ya, él me dio las buenas noches con un emoticono sonriente y un *Agur gotzon.*

Antes de dormir analicé con detenimiento, de nuevo, todas las fotos de su Instagram. Después repasé nuestra conversación en Tinder… y ya, flotando en la máxima felicidad, me entregué a los brazos de Morfeo. Todo resultaba increíblemente perfecto.

☽ ✳✲✖✳✲ ☾

El lunes fue un día de lo más extraño… de todo me pasó, aunque nada realmente grave. Ya en FP, mi hermana me llamó para decirme que KittyMar, nuestra antigua gata que habíamos dado por muerta tras su desaparición hacía dos años, había regresado a casa. Me salté la última clase para ir a verla… corrí acelerada el camino. Era cierto, la vi algo más envejecida, alguna cana, pero era ella. Le puse comida y me senté a su costado, pero no la acaricié mucho porque me imaginé que llevaría pulgas y de todo.

Esa misma tarde cogí la bici y me acerqué a la farmacia a por desparasitadores. Salía de la tienda cuando de pura casualidad me encontré con Olga, una chica con la que iba a *zumba* en verano. Su familia era de Zaragoza y venía a la casa de sus abuelos cada agosto, para las fiestas mayores de Txababerri. Me sorprendió verla por allí en pleno noviembre. Le dije que le invitaba a un café si tenía tiempo. Y bueno, aquel café resultó ser **bastante** inquietante…

Olga tenía dieciocho, aunque era de mi *quinta*. Me comentó que ella y su familia se habían acercado a Txababerri esa semana por el tema de una herencia. Por lo visto, les había dejado una casa en Pamplona un tío-abuelo que había fallecido en una residencia de ancianos de Huesca. Sus padres y su tía eran los únicos herederos, y en la casa habían aparecido, inesperadamente, unos maletines que tenían collares y unos cuadros que no sabían cuánto valían. Tenían que tasar y no sé qué. Bueno, pues eso no fue lo que me dejó de piedra, sino lo que me narró después, por mero cotilleo…

Olga me contó que, en las fiestas de ese verano, unas amigas de su hermana Lila, con las que yo no tenía mucho trato porque eran del círculo de Susana, habían ido a liarse con tíos por la zona de alrededor de mi casa. En plan que habían ido a la verbena, habían tonteado allí con ellos… y querían *ir a más*. Así que condujeron hasta llegar a una explanada que hay un poco más arriba de mi casa, **oculta** entre la maleza. Aparcaron las motos y ya, cada pareja se fue a un ribazo diferente. Eran *la Esther* y *la Viviana*, dos amigas muy íntimas. Y ellos, *el Richi* y *el Iker*, dos *golfos* de éstos que cada *finde* con una.

Sujetando la taza de café casi con temblores, Olga prosiguió con su historia, pudiendo yo prever que algo *fuerte* se avecinaba en su relato:

"Esa noche yo estaba con mi hermana en una peña. Se había venido conmigo y con mis amigas al haberla dejado sola éstas dos en la verbena. A eso de las tres llegaron *la Esther* y *la Vivi* a la peña todo despeinadas, alteradísimas, con arañazos en las piernas la Viviana. Me quedé de piedra al verlas así, parecía que tenían un ataque de nervios, es que venían hasta casi llorando. La Esther estaba histérica; había perdido un anillo de oro de su abuela y quería volver a buscarlo, pero la Viviana decía que *ni de coña* volvía. Más tarde, mi hermana me confesó que **nunca** había visto así a ninguna de las dos, que tuvo que ser muy *heavy* lo que les pasó, porque ellas no eran de asustarse por *gilipolleces*..."

Olga me narraba aquello pávida. Sus ojos azules mostraban un gran impacto en su impresión. Le dio un nuevo trago a su café y continuó con la mirada perdida:

"Según ellas nos contaron, al llegar a la explanada, las dos se llevaron a sus chicos en dirección opuesta. Cuando *la Vivi* y *el Richi* estaban ahí ya desnudándose entre las cañas… oyeron de repente unos murmullos muy raros por alrededor, como si fuesen gemidos, algo **angustioso**, grave… que daba hasta miedo. Se levantaron de allí asustados, se les cortó el *rollo* total. Iluminaron con el *flash* del móvil, buscando qué podía ser aquello… Al momento vieron a *la Esther* con *el Iker* también con cara de *cague*; ella en bragas, él vestido ya. Y entonces, de entre unos matojos, apareció una tía *en bolas* que no conocían de nada, con toda la boca llena de sangre, pero no sangrando, sino como si hubiera estado comiendo algo crudo, o chupando sangre, no sé. Llevaba el cuerpo blanco, como si estuviese rebozada en polvos de talco, iba desubicada, drogada, el pelo larguísimo negro… Así como la mujer aquella se dio cuenta de que había gente, se dio media vuelta y echó a correr en dirección contraria, hacia la casa donde vive la de las castañas. Se escucharon entonces un montón de ladridos y al momento, un grito de un señor mayor se oyó **a lo lejos**. Los cuatro se piraron de allí con las motos a toda *hostia* al darse cuenta de que algo *chungo* pasaba…"

Olga cesó en su relato y se terminó de un largo trago su café. Yo me encontraba en *shock* tras oír aquello. Desde luego, lo que mi madre me advertía, empezaba a cobrar sentido. Me sentí, cuanto menos, aterrada. Me despedí con urgencia de Olga; el **atardecer** ya estaba comenzando.

)☀✕☀(

Al entrar al salón de casa, vi que mi hermana me esperaba con el ceño fruncido. Se moría de ganas por acariciar a KittyMar, pero mamá no le dejaba hasta que le aplicásemos el tratamiento. Lo saqué de la bolsa y preparamos un barreño con agua caliente. Echamos varias gotas de la botellita y obligamos a la gata a quedarse allí durante unos minutos, muy a su pesar. Después, la dejamos corretear mientras terminábamos de preparar la cena.

Estábamos acabando ya el postre cuando, aun totalmente presa de una gran sensación de desconcierto, lancé incluso estando Felipa delante:

"Oye… oí de refilón el otro día en un bar, que una noche, cerca de la explanada de los vecinos… vieron a una mujer desnuda corriendo, perdida. ¿Sabéis algo?"

La expresión de mi madre se llenó de angustia. Mi padre se levantó a la nevera a guardar el flan de queso, aun sin preguntar si ya todos nos dábamos por servidos. Y entonces nos advirtió **claramente** incómodo, en un grave tono de voz:

"No os acerquéis a esa casa, que ahí no tenéis ninguna necesidad de ir. Id siempre por el camino."

Aquella respuesta, y sobre todo la **severidad** con la que la pronunció, me dejó todavía más inquieta. Mi hermana me miró de reojo, completamente pávida. Me di cuenta de que no había sido buena idea sacar aquel tema delante suya.

Probablemente para romper aquella tensión, mamá propuso que jugásemos al Scattergories. Lo había comprado mi padre en un CashConverters hacía años y apenas echábamos unas partidas en Navidad y en días de máximo aburrimiento. Tras un par de rondas en las que quedé primera y tercera, recogimos y dimos por sentenciada la velada. Mi hermana y yo nos preparamos un ColaCao y después nos subimos a nuestro piso. Entré con Felipa a su habitación, la tapé bien y le di un beso en la frente. Bajo las sábanas se revolvía inquieta, la noté más nerviosa que de costumbre. Me encontraba ya cruzando el umbral de su puerta, cuando me llamó con un tono de voz cargado de inseguridad:

"INGRID... QUÉDATE UN POCO MÁS, QUE TE QUIERO CONTAR UNA COSA..."

Me volví embriagada por una enorme inquietud... ese tono de voz no era para nada habitual en ella. Estaba convencida de que algo grave la atormentaba. Así como alcancé a ver su rostro bajo la tenue luz melosa de la lamparita de su mesilla, ella me pidió con sus ojos que regresase a su lado. Así que cerré suavemente la puerta y me dirigí hacia el borde de su cama. El cielo estrellado junto a una luna creciente ponía el telón de fondo a aquella sombría escena que, estaba segura, iba a marcar nuestra relación de hermanas para siempre.

Felipa me pidió que me metiese en la cama con ella. Así que simplemente me quité los vaqueros y me introduje bajo las pesadas mantas de franela. Felipa me dio la mano y expresó fluctuando en un titubeante tono de voz:

"Le prometí a mamá que no te diría nada... No le digas que te lo he contado. Pero me ha dado miedo ver a papá hoy, lo que nos ha dicho... de que no nos acerquemos a la casa... Y KittyMar ha vuelto hoy con heridas, no sé. Estoy segura de que algo extraño pasa en casa de los vecinos... pero no sé por qué no nos lo quieren contar."

Agarré con más fuerza que nunca la mano de mi hermana, sin entender realmente qué es lo que quería decirme. Y tras unos segundos de duda, pronuncié intentando serenarla:

"Pero... ¿por qué piensas que los vecinos le han podido **hacer** algo a KittyMar? ¿Qué locura es esa?"

Felipa se quedó en silencio. Pero su expresión me revelaba que claramente algo de más sabía. Apreté de su mano y le aseguré que no le diría nada a mamá sobre ninguna de las cosas, fuesen lo grave que fuesen, que saliesen de su boca esa misma noche. Felipa se acurrucó aún más a mi lado y entonces temblorosa, dejó escapar en un inseguro hilo de voz:

"Pasó el verano del año pasado... cuando tú estabas en el curso de monitora de Galicia y vinieron los tíos de Sabadell. El primo Rubén durmió en tu habitación esos días... y se trajo al mismo perro que la otra vez que vino, Ongina, y a otro que cuidaba con su novio, que se llamaba Zorro. Eran los dos supergraciosos y siempre jugueteando... con ropitas que él y los tíos les ponían.

Ya sabes cómo es Rubén, que con papá se lleva bien, pero tampoco muy bien... Pues papá le advirtió todo el tiempo que tuviese muy bien atados a los perros en todo momento, porque si dejábamos por un casual la puerta del jardín abierta, se podrían escapar. Rubén estaba super enfadado con ese tema, porque decía que justo se había traído los perros para que pudiesen correr libres por el campo, que había venido a vernos sobre todo por eso, por ellos, porque en su piso de Barcelona no podían casi ni jugar. Bueno, pues como el segundo o el tercer día... él se fue a Pamplona porque había quedado para comer con un amigo suyo... A eso de las seis, volvió cuando estábamos todos en el salón. Traía a Ongina en brazos superasustada y nos dijo que Zorro había desaparecido. Papá le echó una bronca enorme por dejar a los perros sueltos otra vez, porque estaba claro que no le había hecho ningún caso en ese tema.

Esa misma tarde salimos a buscar a Zorro por los andadores, sobre todo por el hayedo y el cañar. Los tíos decían que teníamos que ir a preguntar a casa de los vecinos, a ver si ellos lo habían visto, pero ni mamá ni papá querían. Ongina estaba super rara, no sé, otras veces estaba siempre super feliz, muy juguetona. Ese día parecía muerta de miedo, asustada, no sé qué le habría pasado o si estaba con Zorro cuando él desapareció, pero se la veía **aterrada**. Después de estar muchas horas buscando por todas partes, volvimos a casa a eso de las doce de la noche. Rubén estaba llorando porque el perro se lo había regalado su novio y lo querían mucho. Cuando nos fuimos a la cama, papá le dejó a Rubén dormir con Ongina en la habitación, a pesar de que antes le había prohibido meter a los perros en casa.

Esa noche yo estaba muy nerviosa, no sé, el ver a Rubén llorar tanto me daba miedo. Estaba pensando en todo eso en la cama, sin poder dormirme, cuando de repente oí dos disparos. **No me atreví ni a moverme.** Nunca había oído disparar tan cerca. De repente Ongina empezó a ladrar en tu habitación. Muerta de miedo salté de la cama y crucé el pasillo corriendo para ir con Rubén. Di golpes en el cristal de su puerta hasta que me abrió. Lo vi que estaba medio dormido y Ongina sobre la cama, correteando muy nerviosa. Le conté que había escuchado dos disparos. Pero él, con la cara totalmente extrañada, me dijo que no me preocupase, que habría sido algún cazador, que no había podido ser en nuestra casa porque él no había escuchado nada de nada… Le pedí dormir con él esa noche, y él, al verme tan nerviosa, yo creo que me dijo que sí por pena. Me metí en la cama y Ongina se tumbó entre nosotros. Apagamos la luz y ya él se durmió enseguida. Yo estaba con los ojos como platos, no podía dejar de pensar en aquel sonido de disparos, estaba totalmente muerta de miedo, hasta temblaba. Y al rato, Ongina se levantó de la cama y se lanzó al suelo de un gran salto. Empezó a ladrar otra vez, correteando, algo le pasaba, algo nos quería decir... Rubén se levantó y le gritó para que se callase.

Y entonces, Ongina se lanzó a ladrar aún más histérica hacia la ventana. Vi entonces una **luz** amarilla detrás de las cortinas. La puerta del jardín se oyó chirriando. Alguien llegaba a la casa. Me puse a llorar. No sabía qué hacer, estaba muerta de miedo. Rubén me abrazó, y me dijo que no pasaba nada. Pero yo sabía que no era verdad. Algo pasaba. Al momento él se acercó agachado al cristal y miró. Dijo una palabrota… y después se puso a abrir la ventana como un loco. ¿Qué iba a hacer?

Me dijo entonces que me acercase a su lado, con la cara llena de felicidad. Así que le hice caso y me asomé también. Y en medio de la oscuridad, entre la neblina, vi a papá y a mamá. Mamá venía con Zorro en sus brazos, le cerraba la boca con la mano para que no ladrase. Claramente, no quería que nos enterásemos de que venían. Papá llevaba su rifle a la espalda. Ni Rubén ni yo dijimos nada. Ongina ladró cuando oímos la puerta abrirse. Y entonces, Rubén se lanzó a bajar las escaleras como un rayo, y yo corrí tras él.

Aquella noche todo fueron risas. Ongina no paró de corretear alrededor de Zorro. Casi volvió a su estado anterior, aunque ya no fue la misma durante el resto de las vacaciones. Ni papá ni mamá dijeron nada sobre dónde habían encontrado a Zorro, ni Rubén contó lo que habíamos visto por la ventana.

Fue al día siguiente, desayunando, cuando los padres de Rubén preguntaron cómo había aparecido Zorro. Papá dijo que esa noche los dos habían ido a dar un paseo y que justamente lo habían visto muerto de frío, detrás de la valla de nuestro jardín.

Cuando los tíos se fueron a fumar a la calle, le dije a papá que había escuchado disparos poco antes de que ellos llegasen al jardín con el rifle. Mamá me contestó que seguramente yo lo habría soñado. Rubén no dijo nada, pero papá lo miró de una manera, que fue como que quería claramente que se callase. Mamá estaba pasándolo mal, porque era verdad lo que yo decía, y ella lo sabía. La vi agobiada, no sabía qué hacer.

Esa tarde Rubén se fue con papá a dar un paseo con los perros. Cuando volvieron, papá me confesó que me habían mentido; esa noche habían disparado a unos jabalís que se habían llevado a Zorro, pero no me lo querían decir para que no lo pasase mal por los jabalís... Al día siguiente mamá me dijo que lo de los jabalís era verdad y que no te contase nada, que se lo prometiese. No entendía el por qué.

Por eso hoy... al aparecer KittyMar, herida, también asustada, como Ongina y Zorro, no sé... **creo que alguna cosa sucede.** Y después de cómo no quieren tampoco que nos acerquemos a casa de los vecinos... No me parece bien que no nos digan qué es lo que pasa con todo eso... no sé si todo tiene algo que ver o no..."

Me quedé en *shock* ante lo que Felipa me contó. Me tomé un par de segundos para intentar procesar todo aquello. Confundida, respondí intentando aplacar la inquietud de su rostro:

"Mira, no te preocupes, porque llevamos aquí toda la vida viviendo, y nunca ha pasado nada de nada... Papá y mamá no nos dejarían vivir aquí si hubiese algún peligro... Haz como yo y como nos dicen ellos, no vayas por allí y ya está. Será que quizá tienen cepos para animales o no les gustan los perros y gatos y los persiguen con varas... o a lo mejor crían ellos zorros o jabalíes y de verdad pueden atacar a otros animales... No te preocupes, que no debe ser **nada grave**."

Felipa me miró entonces poco convencida y esbozó, quizá no confiando plenamente en mi enfoque de los hechos:

"¿Y lo de la mujer?"

Cerré los ojos y mantuve la respiración un instante antes de atreverme a responder:

"Me lo contó la tía Mariví en la tienda... Y ya sabes que está un poco loca, ¿no? Será alguna tontería de las suyas..."

Estuvimos allí en la cama conversando un rato más... yo ansiando que Felipa se tranquilizase de una vez. La intenté distraer preguntándole sobre su festival de Navidad del *cole*. Ella era la que haría de pastora principal y tenía que aprenderse un montón de texto. Después, vimos un par de videoclips de Disney y de Hannah Montana. Y ya, finalmente, la besé en la frente, la tapé y me fui a mi habitación.

Así como cerré la puerta, agarré el móvil y le mandé un audio por Facebook Messenger a Rubén. No tenía su WhatsApp ni su Instagram, sólo su Facebook. A Rubén sólo lo conocía de la otra vez que había venido a nuestra casa a pasar unos días de verano, haría tres años. Apenas teníamos trato con ese lado de la familia de papá, yo creo que a él no le caía demasiado bien su cuñado. Luego a papá, con Rubén, también se le hacía raro el interactuar. Rubén era muy liberal, muy abierto de mente en todos los ámbitos, estético, sexual, de opiniones de cuestión de género, de todo... Papá yo creo que no sabía ni de qué hablar con él. Se le veía **incómodo** cuando Rubén explicaba tan abiertamente cosas de su novio, o contaba las fiestas a las que iban, dónde se besaban, o sus expresiones tipo "la zorra ésta" o "hola chochis" delante de Felipa...

En aquel audio le conté lo que había hablado con Felipa. Le expliqué por encima lo de Lila y le dije que **NECESITABA saber ABSOLUTAMENTE TODA LA VERDAD**, que era una cuestión ya casi de vida o muerte.

Fue a los diez minutos de enviarle aquel mensaje, cuando recibí una respuesta: un audio de siete minutos. Desde luego, Rubén había sido rápido como un rayo. Dada nuestra falta de relación, no me lo esperaba. Casi con taquicardias, temiéndome que podría estar abriendo la caja de Pandora, me atreví a pulsar sobre el *play* que reproduciría el sonido de aquella grabación:

"*Holiiii*! Puta, que sólo me llamas *pa'* preguntarme chismorreos jajaja. Bueno guapa, el temita ese... me lo callé como una perra porque me dijo tu padre que no se me ocurriese volver allí si te lo cascaba. Yo estaba flipando en colorines en tu casa, o sea, es que parecían *locasss* con ese tema, no sé qué cojones pasa en tu puto pueblo, pero te cuento. No digas nada, que te corto el coño.

El año pasado fui medio obligado a tu casa, ya sabes que a mí me parece un coñazo el estar ahí en el culo del mundo. Así que les dije a mis padres que sólo iría si me podía llevar a los perros. Yo sabía que a tu padre no le hacía ni puta gracia que los llevase, pero oye...

Como la otra vez, tu padre me decía que dejase los perros en el jardín, y atados. La primera noche le hice caso, porque me dijo que pasaban muchas motos y coches por el camino y que era peligroso. Pero yo esa noche no oí pasar ni una puta mosca, así que al día siguiente los dejé desatados para que correteasen por el jardín, o si querían salir por el bosque... que hiciesen lo que les saliese de los huevos.

Bueno, pues ese sábado, estaba yo con el Grindr puesto. Me salió un tío de unos treinta, mi edad fetiche... así bien robusto, bien rudo, hombretón del norte. Empezamos a chatear y a la hora me preguntó si quería ir a tomar algo por el centro, que lo que yo quisiera... Me avisó, eso sí, que ese rato no podría pasar *nada* porque era su hora de descanso del trabajo... que ya a la noche o al día siguiente, si había química, rematábamos.

Así que les dije a tus padres que me iba a ver a un colega para comer. Dejé a los perros sueltos y me fui con él. La comida genial, me pagó todo en un asador cerca del hospital que tenía unos platos... ¡bufff! Y él vino con barbita canosa, así con tripón, pero a lo **OSO**... es que hasta le propuse de entrar a los baños a hacer alguna travesura *light*. Me dijo que no, que no tenía edad de hacer esas cosas. **ASÍ QUE BUENO**, fuimos a dar un paseo por el parque de la Taconera y ya, cogí el bus de vuelta a Txababerri. Al llegar a tu casa, vino sollozando a mí Ongina, pero sin Zorro. Ongina estaba **horrorizada total**, yo pensaba que le iba a dar un infarto o algo, nunca la había visto así de aterrada. Estaba seguro de que había pasado algo muy grave... Entré al salón **cagado** de miedo, porque era obvio que iba a caerme una bronca como la que me cayó; monumental de hacerme llorar. Enseguida salimos los seis a buscar a Zorro. Ongina, lo que te digo, caminaba como con terror, mirando a cada lado, no sé qué coño le pasaba, como si se pensase que algo la podría **agarrar** o golpear detrás de cada matorral, en cada árbol....

Mis padres estaban algo cabreados también, porque era de cajón que había que ir a preguntar a los vecinos... a lo mejor ellos habían oído ladrar a Zorro, o quizá, incluso se les había colado en su casa y al no saber de quién era, lo tenían guardado allí... Pero tus padres dijeron que no, que los vecinos eran ya muy mayores y que no escuchaban bien ni estaban para recoger animales.

Aquella noche yo estaba histérico. Volvimos a casa y yo no dejaba de llorar. Pero tu padre me dijo que no me tenía que preocupar, porque él estaba seguro de que Zorro volvería, que era algo normal entre los perros que nunca habían salido de la ciudad, el querer pasar unas cuantas horas a sus anchas, hasta que tuviesen hambre. Lo aseguró con una tranquilidad tan grande, que me lo creí. No sé, **sus ojos** me transmitían que algo sabía, que tenía una posible solución, pero que no me la quería revelar.

Esa noche dormí con Ongina en tu habitación. Le escribí a Egoitz, el chico del asador, para decirle que no podríamos quedar esa noche, que no estaba el horno para bollos. Estaba tan exhausto que me dormí en el acto. Fue al rato cuando Ongina se puso a ladrar como una puta posesa. Y al momento, tu hermana apareció aporreando la puerta de mi habitación como una loca.

Llegó llorando, con la cara como si hubiera visto un fantasma. Me dijo que había escuchado dos tiros. Yo no había oído nada, pero por su reacción, debía ser verdad. Le dije que se tranquilizase y se quedó a dormir conmigo. Yo no le di mucha importancia a aquello, porque era obvio que si querían robar o **hacernos algo**, no iban a disparar en la lejanía para despertarnos. A los minutos Ongina se puso a ladrar de nuevo, totalmente histérica. Y fue entonces cuando escuchamos el portillo del jardín abrirse. Alguien venía a la casa. En ese momento me cagué vivo. Tu hermana casi se muere del miedo, estaba temblando, **buscando ya**

dónde esconderse. Al final me lancé a mirar por la ventana a ver lo que pasaba… para saber si debíamos huir, meternos en el armario o qué coño hacer. Y entonces vi a tus padres en el jardín. Me dio mucha impresión verlos así, con esos chubasqueros militares de cuerpo entero, tu padre con el rifle y tu madre con Zorro en los brazos, callándolo… Iban superserios, ni hablaban, con la linterna apuntando hacia adelante. Llamé a tu hermana para que se asomase y después bajamos como locos a ver a Zorro.

Al día siguiente tu hermana les dijo a tus padres lo de los disparos y que los había visto con el rifle. Tu madre se quedó blanca como la cal. Fue entonces cuando tu padre me echó una mirada asesina para que no entrase al trapo.

Esa misma tarde fuimos él y yo a dar una vuelta con los perros. Yo había intentado evitar a toda costa el ir con él a solas, invitando a tu hermana… pero él no la dejó ir. Menos mal que no me echó ninguna bronca gorda, pero me quiso advertir de algo. Me dijo que aquella misma noche, después de nuestra búsqueda en el hayedo, él y tu madre habían estado revisando las cámaras de seguridad del jardín. En ellas pudieron ver claramente, cómo los dos perros se habían escapado saltando la valla lateral, aprovechando unos salientes de cemento de un antiguo lavadero. De ahí corretearon por los alrededores un buen rato hasta que desaparecieron entre la parcela de tus vecinos. Estuvieron dentro como un par de horas hasta que, de repente, Ongina aparecía **corriendo como un rayo** desde allí hasta tu casa. De un solo salto consiguió trepar la verja, y corriendo, se escondió detrás de la puerta trasera, entre los sacos de cemento. Ahí se quedó agazapada hasta que yo llegué.

Le pregunté entonces a tu padre, sin tapujos, que a dónde habían ido con los rifles esa misma noche. Fue justo en ese momento, cuando me di cuenta de que sus ganas de explayarse conmigo se habían terminado. Sólo me dijo que habían ido a buscar a los perros por la finca de los vecinos aprovechando que estaban dormidos. Me dejó caer que habían tenido problemas con ellos hacía muchos años y que era mejor no pedirles nada, porque eso sólo acarrearía más problemas.

Tu padre me aseguró que había encontrado a Zorro atrapado en un sumidero, que se había caído allí, y como las paredes eran tan lisas, era incapaz de escalarlas. Le habían lanzado una cuerda atada a una rama grande y Zorro se subió a ella. Después, tirando de la cuerda, lo sacaron. No sé, aquello me sonó a mentira, la verdad. Y aún me entraron más dudas cuando, al preguntarle sobre los dos disparos, tu padre se quedó callado. Me dijo que no habían usado el rifle. Pero... luego le dijeron a tu hermana que habían **matado** a dos jabalís. O sea, que **RECØNØCIERØN** los disparos como *reales*...

Dejé las cosas estar ahí. Realmente, después de la que les había liado, con que no me matasen, ya podía dar las gracias. Ya esa noche quedé con Egoitz y rematamos, pero eso ya no sé si te interesa, jeje. Bueno *guapi*, que es tarde. A ver si te vienes por Barna y nos vamos de *farra* un finde, prima. Petonnssss perra."

Me quedé paralizada al escuchar aquella historia. Le di las gracias a Rubén por su audio y respiré hondo. Lo que tenía cada vez más claro, era que mis padres me ocultaban algo. Algo muy grave. Intenté calmarme contando hasta diez. Después me puse el pijama y me tumbé de nuevo sobre las sábanas, dejando pasar lentamente los minutos. No podía parar de pensar en todas aquellas revelaciones, aquello era demasiado. Y de repente me acordé de Erik. Mi refugio. Mi anhelo de su protección y apoyo se irguió ante mí como la única llave de mi salvación emocional. Necesitaba contar con alguien cercano, un hombro sólido en el que apoyarme y donde poder confiar. Guiada por mi necesidad de su calor, le escribí un escueto y quizá desesperado:

Estás despierto?

Y tras el consiguiente *chute* de adrenalina que aquello me produjo, me acerqué a lavarme los dientes en el baño *de las hijas*. Justo cuando estaba aclarando mi boca del potente mentolado sabor, mi móvil vibró. Me acerqué rauda hacia él. Era una notificación de Instagram. La abrí excitada ansiando que fuese su respuesta. Y en efecto, para mi gran felicidad, así era:

Mañana a las nueve te va bien para cenar? Te apetece pizza?

¡Wow! Sonreí aliviada. Y en pleno pico de euforia, barajé una respuesta que sonase determinada y tecleé:

Tengo inglés hasta justo las ocho. Dame quince minutos y te veo en el Luigis. O si prefieres tipo Telepizza, está el Marina´s, pero es más cadena....

Me confirmó que a las 20.15 en el Marina´s. Me dijo que quería invitarme pero que no podía gastar mucho. Entonces me acordé de la quedada post-inglés, y de lo de Mathew. ¡Me lo iba a perder! En realidad, me dio bastante igual…

Nos despedimos con un emoticono de un beso y ya, me metí en la cama. Cubrí mi torso con el edredón inmersa en un repentino y gigantesco subidón. ¿De qué hablaríamos? ¿Qué me pondría? Me levanté como un rayo a comprobar si tenía limpio el conjuntito que había llevado en la boda de mi prima Elisa… era, sin duda, lo que mejor me quedaba. Lo descolgué y lo analicé palmo a palmo. Sí, parecía limpio y planchado. Lo llevaría en una bolsa para cambiarme en el baño de inglés. Colgué de nuevo el vestido en la percha y busqué las sandalias a juego. Acerqué la silla al armario para alcanzar la caja en la balda superior. Y así como apoyaba el pie sobre ella… nuevamente, un rugido familiar comenzó a desplegarse tras de mí. Giré la cabeza hasta hacer posar instintivamente mis ojos sobre la ventana. Y entonces lo advertí con total nitidez; se trataba de una moto de montaña. A toda prisa, salté hasta el cristal para intentar comprobar, si de nuevo, era Ekaitza. Pero no pude verlo bien, corría mucho y estaba demasiado oscuro. Pensativa, algo apabullada, me quedé con la mirada fija, escudriñando entre la negrura de la noche. Y entonces, un nuevo **haz de luz** pasó a dominar inusitadamente la cerrazón del horizonte; un BMW circulaba a paso lento, sigiloso y silencioso frente a mi mirada. No había duda. Sólo podían ser ellos. En ese justo instante el reloj de la mesilla marcó las doce. ¿A dónde iban a esas horas? La mirada lasciva de Óscar regresó a mi mente… y un **escalofrío** me inundó al recordar la historia que aquella misma tarde había oído de la boca de Olga.

Y en ese momento decidí que tenía que saberlo todo. No lo pensé ni un segundo. Me subí de nuevo a la silla, pero en lugar de coger la caja de los zuecos, alcancé otra llena de bártulos y libros. Y de ella saqué los viejos prismáticos que utilizaba en los Boy Scouts. Resultaba sorprendente que incluso el tema de Erik pudiese pasar a un segundo plano de una manera tan radical. Abrí la puerta de mi habitación y me dirigí a la escalera de madera, empinada y estrecha, que conectaba con la pesada trampilla que daba acceso al tejado. Y así como coloqué los prismáticos sobre mi cuello por medio de la cinta que los engarzaba, el maullido de KittyMar me sorprendió por detrás cual espía. De un salto se colocó en el último peldaño, quizá ya intuyendo lo que yo iba a hacer. La seguí. Deslicé el cerrojo y de un ligero golpe, desatasqué la cerradura. Y ya, intentando mantener el equilibrio, encajé la trampilla en su resorte, dejándola semiabierta. KittyMar se deslizó hacia el extremo del tejado que apuntaba hacia la casa de nuestros vecinos. Cavilé si habría escuchado algo extraño, o si incluso sería capaz de sentir alguna anomalía en el ambiente. Así que cautelosa, me desplacé lentamente hacia aquel borde. Realmente, estaba totalmente aterrorizada.

Alcé los prismáticos y los dirigí hacia aquella casa. Junto a la higuera, frente a la puerta, esta vez trasera, el coche de Óscar. A su lado, la moto de Ekaitza. Las ventanas del salón se advertían resplandecientes, transmitiendo una tonalidad anaranjada, cambiante y vívida; la chimenea claramente debía estar encendida. Unas cortinas de visillo se deslizaban al **ritmo** de una extraña y tétrica corriente. El maullar de un gato sonó en la lejanía, tras de mí. Lentamente me agaché y me quedé allí sentada por unos segundos, sintiéndome enormemente sola, desvalida y desprotegida. Me imaginé de repente al lado de Erik… no sé. Fue extraño, pero aun a pesar de no conocerlo en persona, súbitamente me sentí cercana a él. Quizá simplemente era porque no estaba acostumbrada a tanta atención. En realidad, a ninguna. De repente KittyMar se posó de un ligero salto sobre mis pies. Me senté con las piernas cruzadas y la acaricié con cariño. El producto le había dejado un pelo suavísimo y ordenado, estaba muy lustrosa.

Decidí alargar la espera ante la ausencia de movimiento. Quería saber más. Lo necesitaba. Quizá fueron varios minutos después cuando KittyMar maulló de repente, inquieta, espantada. Y entonces percibí que el tenue albor anaranjado que relumbraba en el salón… se extinguía súbitamente. Un golpe metálico, un *clack* seco y frío retumbó tenuemente a lo largo de la lejanía. El corazón me palpitó **desbocado**. Las estrellas, la luna… todo quedaba oculto por densas nubes, en la plena oscuridad. De repente, una candela, una vela, un algo titilantemente luminoso, parecía flotar en el aire del jardín. Decidida, alcé los prismáticos hacia aquella luminosidad. Y entonces un vahído hizo que todo mi cuerpo se tambalease, sin más preámbulo lo vi claro; eran ellos. Sus siluetas toscas y negras se desplazaban sinuosas, fantasmagóricas. Y en ese instante KittyMar maulló a pleno pulmón. El canto de una lechuza irrumpió con fuerza frente a mí. Me desestabilicé. Estaba aterrada, ¿y si ellos me veían ahí? ¿y si me caía?

Con el corazón helado, ansiando huir de allí pero al mismo tiempo deseando con todas mis fuerzas saber más, me lancé a mirar hacia el jardín. Entre temblores alcé de nuevo los prismáticos. Y lo que vi por una fracción de segundo todavía me aterró más. Mucho más que antes. Vi a Leocadia. Su rostro, su torso, su cuerpo reposaban frente a la vela. Vi sus pechos, su cintura, sus nalgas y su pubis. Se encontraba plenamente desnuda frente a la llama. Serena y en calma. A sendos de sus lados, varias siluetas se movían melódicamente. El rostro de Ekaitza también estaba allí. Junto a ella, vi cómo Óscar se aproximaba a la luz. Iba sin camiseta. Y sobre su cabeza, dos puntiagudos, lánguidos e imponentes cuernos negros. Retorcidos y aserrados. Su mirada plasmó un fuerte escalofrío en todo mi cuerpo; se le veía soberbio, altivo, completamente entregado a aquel ritual. KittyMar de un salto se colocó cerca de la trampilla. Tal vez fue capaz de **sentir** mi **pavor**... o quizá presentía que algo iba mal. Corrí horrorizada hacia ella, aupé la puerta metálica y tras dejarla caer sobre mi cabeza, me deslicé por la escalera

Hui a mi habitación en pleno pavor y me cubrí con las sábanas y el edredón. Incluso cerré los contrafuertes de la ventana. Estaba tan aterrada, que tuve que enviarle un mensaje a Erik:

Estás despierto? Necesito contarte algo.

Ya debía estar dormido, porque no me contestó.

☽ ✳ ✖ ✳ ☾

Al día siguiente me desperté con un gran nerviosismo. La cama se encontraba empapada en **sudor**. Intenté no darle más vueltas a las pérfidas visiones de la noche anterior, o acabaría por volverme loca.

Afortunadamente, la primera clase de FP pasó rápido corrigiendo ejercicios. Y conforme transcurrían las horas, de manera totalmente inevitable, fue creciendo mi incertidumbre por el *momento de la verdad*. Tenía ya demasiadas expectativas en Erik, era plenamente consciente de ello. Confiaba en que las cosas, simplemente, tenían que salir bien **de una vez.**

Tras la última clase me acerqué a comer al JiaJia, el bar chino donde solía ir los días que tenía inglés, para hacer los deberes mientras me tomaba el bocadillo.

Ese día teníamos una buena ración de ejercicios, porque la encargada de la academia nos había enviado todos los deberes correspondientes a la clase cancelada... Me costaron más de dos horas, así que me tuve que pedir dos cafés.

Me dirigí después a la biblioteca, la cual se situaba junto al río, en un edificio muy grande y antiguo, aunque lo habían remodelado hacía relativamente poco. Allí solía hacer los trabajos de FP; para ello necesitaba más concentración. Afortunadamente, esa tarde apenas había gente. Saludé a la bibliotecaria, la cual era tía lejana de mamá. Ella la llamaba "la hippie" por sus pintas *alternativas*. Me debió notar algo alterada, porque me preguntó si estaba bien... ¡Uff!

Ocupé una de las mesas de madera, al fondo y saqué las libretas. Tenía que revisar un informe que íbamos a presentar en grupo. Más que nada, detectar erratas y si había alguna parte más floja, ponerlo en el grupo de WhatsApp para que la persona asignada lo retocase. Afortunadamente todo estaba más o menos decente, así que no tuve que pasar por el mal trago de *avisar* a nadie.

Fue a eso de las cinco, cuando ya casi recogiendo, apareció Elisabeth. Venía con su sobrina de ocho años, la cual llevaba el uniforme escocés del colegio. Se acercó y me susurró con emoción:

"Holii! Nada, que venimos a alquilar Pocahontas. *¿Qué tal te va la vidaaaa?*"

Hacía por lo menos un par de meses que no coincidíamos. Así que mientras ellas alquilaban la película, guardé todas mis cosas y después, nos acercamos a la cafetería de la biblioteca. Aunque la llamábamos así, en realidad era totalmente independiente de la *biblio*. La llevaban unos conocidos de mis padres, así que le pedí a Elisabeth que mejor, nos sentásemos lo más lejos posible de la barra. Quería comentarle mis rayaduras sobre las visiones de la noche anterior. Sin embargo, me percaté de que al estar su sobrina, tampoco podría ser muy explícita. Nos pedimos dos Aquarius y una limonada *light* para la niña. Y entonces, me lancé a tantear el terreno con cautela:

"Oye, Elisabeth, no sé si tus padres, al vivir también aislada… alguna vez te han comentado algo de… **cosas** que podrían suceder en los alrededores de Txababerri…"

Ipso facto, Elisabeth sacó su móvil y abrió YouTube. Insertó en él sus auriculares y se los puso a Sarah, la niña. Pulsó *play* sobre una serie a lo Punky Brewster e inmediatamente se giró hacia mis ojos para susurrarme nerviosa:

"Tía, ahora que lo dices… el otro día… pasé miedo de verdad. Sería el miércoles de la semana pasada. Estábamos mis padres y yo preparando una barbacoa en el jardín lateral, porque es el día que libra el servicio. Pues los galgos estaban super inquietos, o sea, querían salir a toda costa del establo donde los tenemos; todo el rato **arañando** las puertas, ladrando, muy nerviosos. Les abrimos y empezaron a corretear alrededor nuestra. Pensábamos que sería por el olor de la carne, que querían también... Les dimos un trozo de *entrecot*, pero lo comieron y siguieron igual. Mi madre me pidió que me los llevase a dar una vuelta, a ver si ya así se calmaban. Entonces cogí la linterna y me los llevé ladera arriba. Al poco me adelantaron y yo los seguí."

Llegamos hasta el barrizal, una especie de depresión que hay entre varias colinas. Allí los perros pueden subir y bajar las cuestas, saltar los charcos, les encanta. A mí ese lugar siempre me ha dado un poco de miedo, porque es como un *micromundo*, estás ahí aislado, sin que nadie te pueda ver...

Entré allí con cierto pánico. El cielo estaba azul oscuro, intenso, penetrante. Leo y Mifua correteaban dando vueltas a toda prisa, mientras yo caminaba lentamente entre arbustos, matojos, juncos y charcos, bajo la luz de la luna y de las infinitas estrellas. Pero de repente, una ligera luminosidad, silenciosa, se vislumbró a la entrada del valle. Era un todoterreno muy grande. Los perros **corrieron** hacia mí veloces, no sé si les dio miedo aquello o es que querían protegerme. Les susurré para que se callasen y nos agazapamos bajo las hierbas. Y entonces, dos personas bajaron del coche. Eran hombres. Hablaban por lo bajo. Miraron hacia los lados como queriéndose asegurar de que estaban solos. Y poco después, vi cómo señalaban hacia varios puntos y escuché cómo decían:

EN ESA ZONA PUEDE FUNCIONAR. YO TE ESPERO CERCA! HAZ QUE AGUANTE UN RATO, NO LO TODAS EN DOS MINUTOS. QUE GRITE BIEN

Al oír aquello me sentí aterrada. Por su tono, por lo que decían, se notaba que eran gente peligrosa. Ni me atrevía a respirar, pensaba que si me descubrían, me matarían. Pasaron varios eternos minutos hasta que se de nuevo se subieron al coche, arrancaron y se marcharon. Entonces llamé a mamá por teléfono, llorando, para que me viniesen a buscar. Estaba en pánico.

Aquello me resultó muy raro. Yo sabía de sobras que a esa zona subían parejas a... hacer sus *cositas*, o sea, el *ñaca-ñaca*... porque es un sitio donde es muy difícil que te vean; no pasan carreteras ni caminos. Pero eso era más en los 90s, creo yo. De hecho, mi madre me confesó una vez que varias de las chicas de mi clase habían sido *engendradas* allí... hasta que ya el sitio se hizo tan conocido, que la gente dejó de ir porque coincidían más de un coche a la vez...

Pero aquello que vi no parecía ser algo *guarri*. Era una historia que se veía turbia, y yo diría que hasta peligrosa...

No sé, algo se cuece, ~~cosas pasan~~. Mi madre me dijo que seguramente sería algún asunto forestal, o quizá algún chanchullo de contrabando de **drogas**....''

Al escuchar de la boca de Elisabeth aquellas palabras, le relaté lo que había visto desde mi casa la noche anterior. También la historia de Lila. La verdad es que se lo conté muy *light*, porque viviendo ella también aislada... no quería emparanoiarla y que no se atreviese ni a salir de casa. Pero era bueno que lo supiese para que extremase precauciones.

Sarah se terminó su naranjada y recogimos. El reloj marcaba las 17:54; tendría que correr o llegaría tarde a la academia.

☽ ✳ ✕ ✳ ☾

La primera hora de inglés fué un suplicio. Tocaba *phrasal verbs*, algo que todo el mundo odiaba, incluido Mathew. Yo, obviamente, estaba con la cabeza en otra cosa. Revisé la mochila varias veces; el traje no se había arrugado, los zapatos seguían limpios.

Nada más comenzar el descanso, Ekaitza se me acercó veloz. Esbozaba una expresión traviesa, la noté más *anormal* que de costumbre. Pero antes de que mencionase nada respecto a lo del Lilibeth, le quise avisar:

''¡Ay!... ¡Qué mala suerte, que no voy a poder ir esta tarde de cervezas! Me ha salido una cena...''

Pero Ekaitza en un tono despreocupado, me respondió:

''¡Ah!, si éstos yo creo que ni se acuerdan. No han dicho ya nada... yo creo que ni iremos.''

Sonreí levemente asintiendo. Ajena a mi reacción, Ekaitza echó un vistazo a su alrededor y me susurró cauta:

"**Salte fuera**, que te tengo que comentar algo muy importante…"

Aquellas palabras me revolvieron las tripas como una lavadora. Sonaban a problemas. Nos deslizamos hasta el pasillo y nos sentamos en un banco, junto a los ventanales que daban al oscuro cielo. Un ficus de más de dos metros de altura nos acompañaba. Del resto, nadie más a la vista. Ekaitza se me acercó aún más, hasta hacer que nuestros muslos se tocasen. Y entonces, pudiendo incluso oler su **agrio aliento**, me lanzó todavía entre susurros:

"Fui la semana pasada a casa de tus vecinos. No sabes el *buen rollo* que hubo… Estuvimos comiendo castañas, hablando, pasándolo genial. Vino Óscar también, Leocadia nos cocinó una porrusalda y pollo a la brasa. Están muy felices de verse con nosotros, muy contentos, ¿sabes? La próxima vez que vayamos, te vienes, ¿ok?"

Más horrorizada que nunca al intuir que su insistencia podría tener trasfondos ocultos, respondí severa:

"Mira, no voy a ir allí. Mi familia no se lleva bien con ellos. Gracias, pero no."

Ekaitza se quedó bloqueada al escuchar mi airada respuesta. Nunca me había mostrado tan tajante con nadie. Yo creo que ella, algo debió **sospechar** que yo *sabía*, porque mi estado de tensión era máximo. Se generó un rígido silencio. Y tras unos segundos algo pensativa, Ekaitza me lanzó con una medio-sonrisa:

"Pero si me han dicho que tus amigas no están ya en Txababerri, ¿no? ¡Si debes tener un montón de tiempo libre!"

Acercándose incluso todavía más, me miró fijamente, como exigiéndome una inmediata respuesta. Presa de la palpable tensión, no pude evitar asentir levemente pese a no quererlo. Y tras mi gesto, Ekaitza añadió con decisión:

"Mira, este jueves después de clase, podemos ir juntas en mi moto. Tengo un casco extra en casa, no te preocupes. Leocadia quiere enseñarnos a hacer bizcocho de almendras. Son sus propias almendras, ¿sabes? Luego tomaremos chocolate casero… va a estar muy bien."

Ekaitza detuvo su discurso cuando apenas restaban unos centímetros entre su nariz y la mía. Me sentía incapaz de articular palabra alguna ante su intimidante mirada. Y ante mi escéptico silencio, ella añadió airada:

"¿Qué más te da lo que piense tu madre? Saturnio me dijo el otro día que no te pone ni cara, que no sabe ni quién eres. ¿Te parece eso normal siendo vecinos? ¡No me jodas! ¡Ah!, y me dijo que si vienes… te regalará una de sus artesanías…"

Ekaitza me hizo un gesto pidiéndome que esperase, y rauda entró a clase. Al instante volvió con su mochila, en cuyo bolsillo rebuscaba a toda prisa. Segundos después sacó de él un objeto circular y decidida, lo acercó hasta mis ojos. Me sobrecogí **entera** al verlo. Era un camafeo de estilo exacto al que años atrás había encontrado en la puerta de mi casa.

No supe ni qué decir, me encontraba en absoluto *shock*. Quizá Ekaitza interpretó mi parálisis como un signo de fascinación, porque entonces esbozando una leve sonrisa, me susurró exaltada:

"¡Es una pasada el nivel de detalle del grabado! Y todo esto, sólo por agradecernos la visita. Vente conmigo este jueves y **no seas tonta**, anda."

La miré de refilón aterrada por dentro, sin querer revelar signo alguno de mi pánico en mis ojos. En ese instante Guille salió al pasillo y nos echó una voz avisándonos de que la clase se reanudaba. Jamás me había alegrado tanto de tener que volver a un aula.

Durante la hora restante no cesé en darle vueltas a aquella escena. ¿Qué podría haber detrás del inmenso interés de Ekaitza en que yo fuese allí con ellos?

Nada más el reloj marcó las ocho, recogí los libros rauda. Atrapé la mochila y me crucé la puerta con determinación, adelantando a MariCarmen. Bajé las escaleras al trote, me metí al baño y a mil por hora, me cambié entre toneladas de nerviosismo. Me inspeccioné *grosso modo* en un instante; el vestido me apretaba un poco, pero algo dentro de lo *aceptable*. A continuación me calcé los zuecos y saqué el espejito de mano. Un maquillaje *light*, natural en tonos tierra, fue todo lo que me puse. Y ya, sin atreverme a revisar mi *look final* en espejo del lavabo, le envié a Erik la confirmación de que salía para allá. Guardé el teléfono, respiré hondo y abrí la puerta del baño lentamente, asegurándome de que no pasaba nadie.

Cruzaba en un par de zancadas la recepción de la academia, cuando el eco de unos pasos llegó a mis oídos desde atrás. Y para mi gran sorpresa, escuché entonces a una voz grave pronunciar mi nombre con contundencia. Era

Mathew. En ese instante me quedé paralizada, casi suspendida en el aire. No lo esperaba, y tampoco me sentía preparada para iniciar una conversación con él. Simplemente *congelada*, dejé que él se acercase. Y al situarse a sólo centímetros de mi cuerpo, me soltó con una divertida mueca en sus labios:

"¡Vaya! Sí que te has puesto elegante..."

Por el tono de su voz, intuí que estaba... ¿impresionado? ¿O quizá era un mero *cumplido* de *profe*? Barajando en un instante miles de cábalas para no *cagarla*, alegué con timidez:

"Nada, un *cumple* con amigos, pero poca cosa. Espero que te esté yendo bien lo de la academia propia…"

Él me miró sonriendo mientras cruzábamos la puerta. Me sentí un poco *zorresca* en ese instante. No sé, quizá Mathew aún me encantaba, pero simplemente el Huracán Erik había derribado todas mis estacas de *obsesión* hacia él. Mathew me lanzó antes de marcharse en dirección opuesta a la mía:

"¡Pasa buena noche! Seguimos en contacto por Insta."

Buff, ¡qué fuerte! Pensé si podía ser cierto lo que decía Miren, que si te ven pillada o con planes, les gustas más porque te ven valiosa. En fin, cosas de la vida.

A paso ligero puse rumbo hacia el Marina's, iba con el tiempo justo. Mis últimos pasos fueron acompañados de una incipiente taquicardia; necesitaba que todo saliese bien, esa era la única posibilidad en mi cabeza. Respiré muy profundamente antes de atreverme a alzar la vista al frente.

Realmente, estaba que me moría. Y ya allí frente a la puerta, vi que me esperaba Erik.

¡Buff! Casi me **d e s m a y o** al verlo. Llevaba una camisa *surfera* pero elegante en azul marino y blanco, con patrones como de arte nipón. Se veía buena. Unos náuticos, pantalones largos blancos, pero no *pijitos*, sino más bien tipo Emiddio Tucci, gama media. Y el pelo engominado hacia arriba. Me fijé en los brazos. Madre mía, ¡qué grosor!, las mangas, apretaditas total, con la vena marcada al máximo. Y el cuello, es que me provocó hasta tendencias *draculianas*, me quería lanzar a mordérselo porque era apetitoso total; con una vena bien gorda, nuez enorme, grosor de cuello gigantesco. La espalda además se la veía trabajadísima también, la cara es que bellíssisisisiisisimo. Me sentía como presa de un remolino de *deslumbre*, era... ¿casi perfecto?

Erik me sonrió al verme y me hizo un gesto galán para que pasase al local. Y yo, sin atreverme todavía a mirarlo *directamente*, accedí a liderar la marcha.

Nos sentamos y en un vergonzoso silencio por mi parte, desvié mis pupilas hacia la carta. Pedimos *rigattone marinara* y pizza *Sorrentino* para compartir, con espumoso de Emilia Romagna para los dos. Y ya, pasamos a explicar nuestra vida, nuestra semana, todo en general. Conversaciones de primera cita.

Todo resultó muy bien. Él encantador, interesándose en cada respuesta, preguntándome por cómo me sentía después de que se hubiese ido Sandra. De su vida tampoco me explicó mucho, sólo que era de Santurze y que le encantaba el *surf*. No quise tampoco *asediarlo* a preguntas, mejor que me contase más *cuando* se sintiese cómodo.

Después de cenar le propuse acercarnos al GeliDino, una heladería que tenía mala fama, la verdad, pero era de lo poco que quedaba abierto. Allí, con el cono de *stracciatella* y *truffa* en la mano, pusimos el broche a aquella *noche italiana*, sintiéndome yo ya, mucho más relajada. Habíamos hablado de muchas cosas, nos conocíamos, y todo había salido aparentemente bien. Y entonces, no sé por qué, me sinceré respecto a mi preocupación con el tema de Ekaitza, de Óscar… Le conté todo lo que había oído, visto… Necesitaba sentirme comprendida, desahogarme. La verdad es que **me abrí en canal**. Dudé de si estaba siendo un poco una *zorra emocional*, como decían en Sexo en Nueva York. Pero Erik al escuchar mi relato, en vez de aburrirse o de incomodarse, vi que se ponía tenso, con ganas de protegerme, de que no me pasase nada. Me quedé alucinada al ver cómo le afectaba lo que yo le contaba.

Fregaban ya el suelo de la heladería cuando el momento de la despedida se hizo obvio. Salimos a la calle y entonces, allí plantados frente a frente y sonriendo, se generó por segundos una ligera pero palpable tensión. Erik se me acercó levemente, quizá tanteando el terreno. Entonces nos dimos un leve abrazo y ya. Me propuso acercarme a mi casa en su coche, pero preferí esta vez llamar a papá. No es que no me fiase de él, pero no quería ponerlo en el compromiso ni sentar ya ese precedente.

Quince minutos más tarde mi padre me recogió en el porche de la ferretería. En el trayecto apenas hablamos, no quería correr el riesgo de *cagarla* con alguna contradicción respecto a lo que había estado haciendo. Lo mismo con mamá. Así que tras cruzar el salón, le di un beso rauda y escalé veloz hacia mi habitación.

Me di una ducha aromática con una bomba Lush, mientras me sentía flotando entre nubes de felicidad. ¡Había salido todo tan bien! ¡A mí! ¡Al fin! Me sequé dejándome envolver por la suavidad de la aterciopelada toalla rosa, disfrutando de aquel momento de quasi-perfecta ensoñación.

Me ponía el pijama cuando mi teléfono vibró. Ansié que fuese un mensaje de buenas noches de Erik. **Corrí** rauda hacia el teléfono llena de emoción. Pero al ver la pantalla, comprobé que no era así. Se trataba de un audio de mi antiguo profesor de piano, Íñigo. Un audio, ¡de nueve minutos! ¿Qué querría a esas horas? Era muy extraño que me mandase un mensaje así, nunca lo había hecho. Todas mis alarmas se encendieron de repente.

Sintiendo que necesitaba estar preparada para escuchar aquello, por alguna extraña razón me acerqué al baño y me lavé los dientes intentando *serenarme*.

A Íñigo no lo veía desde haría más de un año, cuando fui a recoger a Felipa a la salida de su clase con él en Pamplona. A mí, apenas me dio clases un semestre. A pesar del *buen rollo* que tenía con él y de lo buen profesor que era, el piano, claramente, nunca fue lo mío. Con mi hermana sucedía justamente lo opuesto; a ella Íñigo, a sus treinta, le imponía bastante. Sin embargo, los dones musicales de Felipa resultaban ser infinitamente mayores que los míos.

Me enjuagué la boca con Listerine y lentamente me dirigí hasta la cama. Y ya, pulsé el *play* de aquel audio y me dejé envolver por la rítmica y grave voz de Íñigo.

"¡Hola Ingrid! Espero que siga todo bien. Ha pasado hoy una cosa un poco rara en clase con Felipa. No quiero alarmar a tus padres, más que nada, porque ella misma me ha pedido que no les diga nada. Pero hoy, durante la lección, la he visto muy desconcentrada, algo muy raro en ella. Apenas podía encadenar más de diez segundos de melodía sin errores. Cuando le he preguntado si se encontraba bien, me ha comentado lo de vuestra gata, lo de **tus vecinos**. Le da miedo que le puedan hacer algo a Kitty. De eso es precisamente de lo que quiero hablarte… hay algo que tú no sabes. Yo he estado en ese caserío, hace muchos años. Déjame que te cuente a ti la historia, no sé si te servirá de algo, pero al menos me quedo más `tranquilo` si tú lo sabes.

Creo que fue en el 99, cuando estrenaron aquella película, la de El Proyecto de la Bruja de Blair. Fuimos a verla al cine el día del estreno, porque en mi grupo éramos un poco *frikis* de esas cosas… Nos empezamos a emparanoiar con la *peli*. A mi amigo Mikel y a mí nos flipó tanto, que fuimos a verla otra vez al cine la semana siguiente. Y ya a la salida, cruzamos a la explanada de la biblioteca pública, donde se solía hacer botellón. Allí estaban también dos chicos de un curso más que a mí y a Mikel nos gustaban, y una amiga *lesbi* de ellos, *la Zuriñe*. Ella llevaba una camiseta con la bruja de la película, así que fue la excusa perfecta para acercarnos.

Nos pusimos a hablar con ellos de cómo interpretábamos el final, del bulo de internet sobre si la *peli* era real... también les había *flipado* todo. Poco a poco empezó a haber *buen rollo* entre nosotros, algún *flirteo* sutil entre codazos... Fue ahí cuando Gonzalo, el más morenito de los chicos, nos confesó que estaban planeando ir a un caserío que había en las afueras de Txababerri... Su prima era de ese pueblo, y se *rumoreaba* que en tal caserío había vivido, hasta hacía pocos años, una pareja muy extraña metida en rituales, en lo oculto...

Empezamos a planear aquello y poco a poco nos fuimos animando. Concretamos que iríamos aquel caserío el siguiente viernes, a eso de las once. Iríamos los cinco; Zuriñe, Gonzalo, su amigo rubito Fermín, Mikel y yo.

Durante toda esa semana no pude dejar de pensar en aquello. Preparamos las cámaras de video, aún de VHS por esa época... Me sentía como el *prota* de la *peli*, en serio que pensábamos que se podría llevar al cine lo que grabásemos y todo. ¡Vaya *frikis*!

El viernes llegó y nos citamos en la Plaza del Caballo Blanco. Allí habían aparcado las motos ellos tres. Era obvio que Zuriñe se iba a quedar sin acompañante, porque yo corrí como loco a subirme a la moto de Gonzalo, y Mikel se lanzó a por Fermín. Dejamos la ciudad y nos adentramos por la comarcal en dirección hacia Txababerri. Esa noche recuerdo perfectamente que había luna llena y hacía un viento suave pero helador. Sobre la moto, aquellas ráfagas impactando contra mi rostro me daban escalofríos. Ese nerviosismo, esa excitación, ese calor que desprendía la espalda de Gonzalo... todo aquello me hacía sentir vivo al cien por cien. Estaba *living*.

Tras cruzar Txababerri tomamos un camino pedregoso que atravesó varios campos y una ciénaga en la que la moto tembló más que nunca. Tuve que agarrarme con fuerza de Gonzalo para no caerme. Y ya, entre risas nerviosas y gritos de excitación, dos caseríos se alzaron frente a nosotros. El que quedaba más cerca del camino parecía normal. Había luces encendidas, se veía habitado; era tu casa. Unos metros más adelante comenzaba un jardín abandonado que, la verdad, daba bastante *mal rollo*. Nos bajamos de las motos y las dejamos aparcadas en un lateral para que no se pudiesen ver desde el camino, pero cerca de éste por si teníamos que huir de allí.

Mikel se acercó a mí, yo seguía pegado a Gonzalo, el cual me daba mucha seguridad. Todos sacamos nuestras cámaras de video menos Zuriñe, que llevaría la linterna y abriría paso. Y ya, nos colocamos en fila india para adentrarnos en aquel tétrico jardín. El pulso me iba a mil por hora. Sabía que aquello era una ilegalidad. Además, no teníamos idea de si aquella gente se había ido de verdad de la casa. Ahí estaba precisamente la clave de la leyenda. De la noche a la mañana nadie supo más de ellos. Y tras cuatro años, las cosas habían seguido así. De la mujer sabíamos su nombre: Leocadia. De él, se rumoreaba que Saturnino, o algo parecido.

Gonzalo nos guio bajo un alto y grueso árbol que parecía un nogal. De sus ramas inferiores colgaban tallos muertos, ramificados en miles de pequeños hilos cual vasos sanguíneos petrificados. Frente a nosotros se alzaba una vieja puerta a base de tablas de madera. Clavos oxidados la ribeteaban sin seguir un patrón ordenado. Fermín se acercó hasta ella y entonces al unísono con Zuriñe, de una potente patada quebraron varias de las tablas, lanzándolas hacia atrás y provocando un **GRAN** estruendo. Me aterroricé al escuchar aquello, desde luego que si alguien permanecía en esa casa, se habría percatado de nuestra presencia.

Nos introdujimos a través del estrecho hueco para llegar a una estancia cuadrada, la cual parecía hacer de recibidor. Millones de briznas de polvo flotaban a nuestro alrededor. Y de repente frente a mis ojos, el misterioso dibujo de una mujer ocupando casi toda una pared. Portaba en su cabeza unos cuernos. Brotando de sus genitales; un ramificado río que fluía en cada dirección. Y coronando aquella misteriosa figura, escrito en latín se leía: **LUXURIA**.

Tener frente a mí ese mural me aterrorizó; hizo que me diese cuenta de que aquello no iba a ser una fantasía, un mero juego donde nuestra imaginación fuese el único ingrediente paranormal. En ese instante ansié con todas mis fuerzas largarme de allí. Aquello era demasiado para mí. Pero entonces supe que, aunque quisiese, no podía. Ellos llevaban las motos, Mikel y yo no teníamos elección.

Ignorando un pasillo que se adentraba a la escuridad a nuestra derecha, Zuriñe esbozó un giro a la izquierda cruzando una roída puerta de madera desencajada de su marco. Todos la seguimos en silencio.

De ahí pasamos a una especie de taller de carpintería. Había **serruchos**, taladros, herramientas oxidadas, cizallas de todo tipo... y muchísimos tablones de madera. Me acerqué curioso y los vi marcados a lápiz, como pendientes de ser cortados. Parecía como si sus dueños no hubiesen planeado la salida de aquella casa y hubieran huido de allí de repente. En una alargada estantería yacían varias figuritas que parecían ser lo que allí se fabricaba. Eran una especie de semiesferas con figuras de mujer, portando ropajes antiguos y extrañas cornamentas. Parecían de otra época, no sé.

Tras varios tablones de madera al final de la sala, un halo de telarañas ocultaba un viejo *radiocassette*. A los lados, las paredes en cal desconchada dejaban entrever en ciertos rincones vigas de madera carcomida. De repente, entre susurros exaltados, Fermín nos indicó que bajásemos por una escalera que quedaba a nuestra derecha. Él tomó la delantera y los demás lo seguimos en un pulcro silencio. Parecía que aquello comunicaba con una especie de bodega, porque el aire se notaba húmedo, fresco, con olores como a agrio, a carne macerada, no sé.

Descendimos las escaleras siguiendo aquel estrecho pasillo, esquivando un par de jaulas oxidadas que yacían en un lateral. Tras ellas llegamos a una especie de jardín subterráneo, abierto a la noche por medio de una **desgarrada** techumbre. Pensé si quizá el tejado de aquella bodega se podía haber caído de manera natural con el paso de los años. A cada lado las paredes mostraban dibujos extraños, con simbología que yo siempre había asociado con lo paranormal.

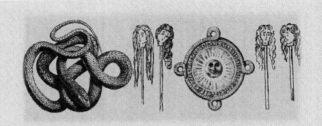

Lentamente, fui desplazándome sobre un suelo de tierra cubierto de hojas y trozos de madera carcomida. Me llamó la atención la gran cantidad de pequeños huesos que había esparcidos por todas partes. Quizá de zorros, conejos, o gatos. Mikel, frente a mí, parecía muy impresionado por todo aquello. Nadie pronunciaba palabra alguna, yo creo que en realidad, los cinco estábamos **totalmente** aterrados.

Emitiendo un agudo silbido, una brisa heladora irrumpió desde las escaleras. Y al desviar instintivamente mi vista hacia ellas, me percaté de que a su derecha, se alzaba una pequeña puerta de madera dominada por una enorme cerradura negra de metal. Sobre su roída superficie de pintura blanca, una inquietante imagen rayada a mano alzada. Parecía un ser mitológico griego:

Señalé hacia ella esbozando un amplio movimiento con mi brazo, a lo que Zuriñe y Gonzalo al percibir tal macabra imagen, mostraron una expresión de desconcierto. Ambos se miraron entonces. Y tras un entendimiento cómplice, en silencio y rozando sus cuerpos, se acercaron linterna y cámara en mano hacia su superficie. Tras un ligero empujón del antebrazo de Zuriñe, aquella pequeña puerta, chirriante, se desplazó **trémula** hacia atrás, dejando entrever entonces una tétrica e inquietante estampa; una amplia habitación de techos bajos, sin ventanas, permanecía completamente cubierta por lo que parecían trapos blancos, manchados. Di dos pasos al frente lentamente, intentando deshacerme del pánico que dominaba cada rincón de mi cuerpo. Zuriñe y Gonzalo cruzaron aquel umbral entre sigilosos crujidos de cientos de hojas en descomposición. Los seguí con la intención de hacer lo mismo, pero el hedor me resultó **tan fuerte** que sufrí un vahído. Y en ese instante, para mi gran horror y desconcierto, pude comprobar que aquello no eran trapos; se trataba de pequeños pañales de bebé. Manchados. ¿Qué coño era aquella puta habitación? Junto a las paredes, centenares de velas y candelabros se amontonaban semienterrados, cubiertos de tierra y polvo. Y en ese instante, tras de mí, el grito de pavor de Mikel hizo que mi corazón se desbocase hasta alcanzar niveles de infarto. Todos giramos nuestra mirada hacia donde su linterna apuntaba; en un rincón bajo el gran agujero del techo, varias calabazas amontonadas. Frescas. Alguien las había dejado ahí. Aquella casa seguía aparentemente habitada. Tal revelación causó que los pies de Fermín se marchasen escaleras arriba a toda prisa. Corrí tras él sin pensar y los demás me siguieron. Huimos a toda prisa mientras el **eco** de nuestras zancadas rebotaba en aquella habitación cual murciélago despavorido.

Los escasos metros hasta el umbral de aquella casa parecieron estirarse hasta la perpetuidad. Deshicimos el camino del jardín entre jadeos y zancadas de pánico. Y totalmente sobrepasado de pavor, me subí a la primera moto que vi. Nos piramos de allí a toda leche y me **juré** que jamás volvería a aquella casa."

El audio de Íñigo terminaba ahí. Despegué el teléfono de mi oreja presa de un gran impacto. Entonces leí un mensaje:

No le digas a tu hermana que te he contado esto. Asegúrate de que está tranquila. Si necesitas algo, avísame. Besos.

Un nuevo escalofrío me recorrió entonces. Porque en ese instante me di cuenta de algo que se me había estado ocultando durante toda mi vida. Leocadia y Saturnio, se suponía que habían llegado a la casa después del nacimiento de Felipa. Pero... ¿cómo podía ser posible que aquellos chicos supiesen de ellos en 1999, dos años antes de que ella naciese? Eso me olió totalmente a chamusquina. Me sentí en ese momento angustiada, muy vulnerable, no sabía ni en quién podía confiar, hasta a papá y mamá los veía **parte** de todo este terrorífico mundo que me acechaba.

Aquella noche me encontraba convulsa, inquieta; por momentos iracunda, frustrada en otros. Me dormí entre temblores de ansiedad. Presa de tal impacto, un sueño viajó hasta los recónditos pasajes de mi aterrado subconsciente:

Un jardín, nuestro jardín, quedaba cubierto por hojarasca pútrida, miles de flores marchitas a su alrededor. Mamá y papá tomaban té en una carcomida mesita de ébano, ajenos a aquella nauseabunda realidad. Una enorme furgoneta estacionaba entonces frente a nuestra casa. Todos sus cristales quedaban salpicados por borbotones de sangre. Y entonces, una muy tétrica pero conocida voz me llamó desde el asiento delantero. Era la voz de Ekaitza. Como presa de un magnetismo, motivada por un ingente hambre de respuestas, caminé dejando atrás aquel jardín, hacia ella. Ekaitza, de un potente salto se colocó junto a mí y me condujo hasta la puerta trasera de aquel furgón. Serena y casi robótica, la desencajó de un golpe. Y entonces pude vislumbrar la horripilante realidad que allí se contenía.

Mamá y papá ni siquiera se inmutaron ante tal dantesco escenario. Presa del profundo pavor, desperté

☽ ✿ ✕ ✿ ☾

Tras aquella agitada noche, una larga ducha revitalizante me ayudó a serenarme. Necesitaba dejar de darle vueltas a todo aquello o acabaría por volverme loca.

Afortunadamente, el miércoles pasó sin ningún sobresalto en el ámbito académico. En FP entregamos el trabajo y nos dieron las notas de un examen práctico. Tuve un ocho, así que ni tan mal. Después de clase aproveché para comprar mi billete de autobús a San Sebastián; finalmente parecía que habría *pleno cuadrillero* en la celebración de mi cumple allí. Y ya a eso de las cuatro retomé el camino de vuelta a casa. A pesar de ser todavía de día, mi corazón palpitaba más acelerado que nunca. Ocultos entre la maleza, me parecía ver a Óscar, a Leocadia, a Ekaitza… llamándome e invitándome imperiosamente a unirme a su círculo macabro. Intenté evadirme de todo aquello; no quería acabar obsesionándome.

Al fin logré introducir la llave en la metálica cerradura del portón principal. Mi madre estaba merendando con Felipa en la mesita de la cocina, tomaban un bocadillo de pan relleno de chocolate con leche y unas naranjas. El mantel de cuadros estaba manchado con algo de harina, por lo que intuí que ellas mismas habían amasado el pan. Por la expresión de su mustio gesto, ambas parecían **preocupadas**. Felipa confirmó mis sospechas al gruñir:

"KittyMar ha saltado la verja y se ha escapado…"

Mis ojos se abrieron como lupas ante tal noticia, a lo que mamá añadió tajante:

"No te preocupes, que seguramente sabrá dónde puede ir, y dónde no."

Con el semblante serio agarré una silla y me uní a aquella merienda. Me encontraba tan saturada por tal subibaja de emociones, que no pude ni darle siquiera una vuelta de tuerca al tema de KittyMar; simplemente confié en que mamá tuviese razón.

A eso de las seis subí a la habitación y me puse a chatear con Erik. Estuvimos *tonteando* un buen rato. Hasta se me enfadó un poco cuando le dije que no me gustaba nada Metálica. Después, me confesó que no era tan bueno en *surf* como quizá me había dejado caer en nuestra cena anterior. Me pidió que no le dejase de hablar por ello, jeje. La verdad es que aquellas dosis de *cachondeo* y cariño me ayudaron a *levantar el ánimo*.

Esa noche cenamos los cuatro junto a la chimenea. Brotaba aquella velada vívida, a borbotones, a ratos tenue, otros furiosa. KittyMar apareció a eso de las once por la puerta trasera. Llegó con una herida en el lateral. Papá dijo que podía haberse estado rascando, si se notaba *extraña* por el producto antiparásitos. A mí me pareció que aquel golpe no era de eso... Me levanté rauda y alcancé el botiquín de la alacena. Felipa se mostró algo llorosa mientras la curábamos con Betadine. Y al verla tan afectada, mamá propuso que tuviésemos a KittyMar **siempre** dentro de casa. Felipa me miró de reojo en ese instante, claramente asustada.

Después de ignorar un buen rato una vieja película del oeste que papá veía entre cabezadas, Felipa y yo subimos a nuestro piso, con KittyMar siguiéndonos. Tras acostarlas juntas, puse rumbo a mi habitación y volví a retomar mi charla con Erik. Le hice saber que afortunadamente, aquella noche no parecía que sucediese nada *raro* en la casa de los vecinos. Ni motos, ni coches... todo estaba en perfecta

calma. Fue a eso de la una, después de comentar nuestros planes para Navidad, cuando él comenzó a lanzarme comentarios algo raros. Bueno, raros, más bien sensuales y… sexuales. Me preguntó sobre lo que llevaba, mi pijama, de ahí fue escalando la cosa hasta querer averiguar cómo era mi ropa interior, el color de mi braguita, si llevaba o no sujetador. Me sentí en ese momento bastante *rara*. Realmente, incómoda. No quería que las cosas fueran por ahí, no sé. Nos conocíamos de un día, ni siquiera nos habíamos dado el primer beso. De hecho, no tenía pensado dárselo hasta que por lo menos, nos hubiésemos visto unas cuantas veces más… y sólo si había química y entendimiento.

Al final tuve que desviar el tema ante sus insistencias.

)☀✕☀(

El jueves amaneció en calma; tenía la primera clase a las doce, así que bajé a desayunar tarde. Frente a la mesa del salón, mamá ordenaba unos armarios llenos de sábanas y ropa vieja. La acompañé después a darle de comer a las gallinas. Tanteando el terreno, le dejé caer que esa noche, quizá vendría un compañero de clase a terminar un trabajo que llevábamos fatal. Gracias a Dios, le pareció bien.

Cogí mis cosas y me marché rumbo a clase de FP. Por el camino le di vueltas a aquello: tenía que convencer a Erik para que me ayudase. Estaba segura de que no le importaría subir a la azotea. Necesitaba que estuviese conmigo ayudándome, evitando que me pudiese resbalar y caer; hacerme sentir segura.

La clase se sucedió rápida. Ya a la una y media me fui de nuevo al JiaJia, y mientras me comía el bocadillo de lomo con queso, hice la redacción de inglés. El tema era ¨¿QUÉ

QUERRÍAS VER EN UNA BOLA DE CRISTAL?" En fin… los temas habituales de los libros para practicar el futuro. Obviamente me inventé el contenido, no iba a poner que querría saber sobre mi relación con Erik. Tenía muchas expectativas en él, me hacía sentir muy feliz. Pero, sin embargo, no sé, era como que algo no me acababa de convencer del todo. Había sido todo tan rápido, tan perfecto y *agasajante*… Durante toda mi vida, el amor se había reducido a experiencias como la de Mathew; a amores platónicos, a tíos indiferentes ante mis sutiles coqueteos, ignores… y ahora, de golpe… tenía el pleno interés de Erik. Desde luego, me sentía la persona más afortunada del mundo.

Me fui después a la biblioteca y ya finalmente, a la academia de inglés. Allí en la puerta esperaban Ekaitza y Susana. Ambas ojeaban el móvil, apoyadas en la pared, sin mirarse. Ante tal panorama decidí subir sin ni siquiera saludar. Saqué los libros y el estuche y ya, poco a poco la clase se fue llenando. Y fue justo antes de que Mathew encendiese el proyector, cuando Ekaitza se giró repentinamente hacia mí y muy bajito, más bien pudiéndolo yo entender a través del movimiento de sus labios, leí:

"Vas a flipar el regalazo. ¡De locos!"

No entendí nada. ¿Era su *cumple*? ¿Qué querría? Ansié que no sacase de nuevo el tema de acompañarla.

La primera hora de clase fue la lectura de nuestras redacciones. La mía pasó sin pena ni gloria. Susana había escrito prácticamente lo mismo que yo y fui eclipsada. Lo único medio bueno es que varios ni la habían hecho, así que dentro de lo malo…

Con la llegada del descanso, los quince minutos de rigor comenzaron. Los fumadores corrieron escaleras abajo, mientras que Ekaitza, *ipso facto*, se giró hacia mí y me agarró de la muñeca con fuerza. Me levanté sin oponer resistencia; sabía que no iba a servir de nada. Decidida me condujo hasta el banco junto a la ventana. El ficus parecía ahora más afilado, hasta cortante. Nos sentamos y Ekaitza se acercó a mí. Todavía más que la otra vez. Nuestras piernas se rozaron por un momento. Pude sentir un tibio y pérfido calor a través de mis vaqueros. Sus uñas pintadas de negro rascaron su rodilla enfundada en unos pantalones borgoña de cuero sintético. Y entonces expresó rotunda en un tono sereno y contundente:

"Te quiero comentar una cosa. Mira… ya sé que no te apetece mucho lo de Leocadia… pero es que, no sólo son ella y Saturnio los que tienen interés en conocerte… Óscar, desde que te vio en el camino, está también con unas ganas enormes de que te unas a nuestras visitas. Todas las noches lo pasamos en grande, pero estaría **mejor** contigo, él siempre nos repite."

¡No me lo podía creer! Me volteé hacia ella sin ocultar mi enorme desagrado. Aquello ya me resultaba enfermizo. Estuve a punto de soltarle todo lo que había visto esa noche, pero me frené en el último momento. Seguro que Ekaitza salía con alguna extraña justificación y me hacía quedar a mí como la loca, la paranoica que los espiaba por culpa del machaque de mis padres… Y entonces ella, ignorando mi evidente tensión, continuó en un tono todavía más dulcificado:

"Mira, lo de Óscar… eso es **justamente** lo que te quería comentar. Es un tío majísimo, no sabes cómo nos cae a todos, que te cagas de bien. Es además supergeneroso, trae siempre comida riquísima, vinos estrambóticos, cosas muy selectas que consigue en sus viajes de negocios…"

Miré recelosa a Ekaitza, dándome cuenta de una nueva faceta suya. Ella, ajena a mi gesto *escudriñante*, prosiguió:

"Vamos, que está **FØRRADØ**. Yo ya lo sabía, lo conozco desde hace un tiempo, y el coche que maneja, los relojes, la ropa, ya te habrás hecho una idea... Y lo que nos trae para probar allí, yo me quedo *a cuadros*... todo de alto nivel. ¡Ah!, y regalos que me ha hecho... joyas y de todo. Y ya te digo que quincalla no es. ¡Hasta un iPhone, sin pedírselo! Es una delicia de tío **en todos los sentidos**. Y esto mismo es lo que te quería enseñar."

En medio de mi gran parálisis Ekaitza sacó el móvil de su bolsillo. Yo simplemente me limité a mantener aquel petrificado silencio. Y entonces abrió acelerada la galería de imágenes y me enseñó la foto de una preciosa máscara.

"Esto lo ha comprado para ti. Ha estado en Venecia esta semana. Llegó esta mañana a Pamplona, y lo pasa tan bien con nosotros... que ya hoy mismo se va a pasar por la casa de Leocadia y Saturnio. Piénsatelo bien si no quieres venir, porque perder no pierdes **nada**. Y fíjate qué maravilla de regalo. Sólo por conocerte. ¿Sabes cuánto puede valer eso? Yo creo que hasta cuatrocientos euros a lo mejor... **son caras**."

No me creía lo que estaba oyendo. Era superior a mí. Estremecida, me mordí el labio inferior y saqué la lengua sin tener ni idea sobre qué decir. Y entonces, al ver aparecer a MariCarmen al fondo del pasillo, me levanté y grité su nombre. En el segundo que pasó hasta que ella me contestó, di con una excusa que justificase mi llamada:

"¡El boli que te dejé la semana pasada! ¡Que era de mi padre, *sorry* que lo necesito de vuelta!"

Ya me metí a clase. Aún me giré hacia Ekaitza antes de entrar, por no hacerle el feo de cortarla tan radical. Pero vamos, que ya le hice saber así que no quería seguir hablando del tema.

El resto de la clase siguió sin más sobresaltos. Ejercicios con *will*, *shall*, y otros modales. Y ya finalmente, llegó la hora de salir. ¡Al fin!

Me fui de allí a toda prisa. Se puede decir que hui de Ekaitza. Tiré de la puerta de la academia con enorme fuerza, como queriendo liberarme así de todos aquellos miedos. Y ya, tras ella me esperaba Erik. Una bocanada de felicidad me inundó al advertir sus ojos. Me sonrió y le sonreí. Había venido, al igual que la otra vez, **espectacular**. Me dio un beso en la frente y ya, caminamos hacia el JiaJia. Le había dicho que esta vez prefería una caña informal, que no era necesario ir en cada cita a un sitio caro. Caminamos lentamente comentando mi clase, su día, la reaparición de KittyMar... cosas de poca enjundia. Y ya, nos sentamos en *mi mesa* habitual, rozándonos con las rodillas. Pedimos bravas con una pizza para compartir, calamares y dos cañas con limón.

Directamente le revelé a Erik, sin rodeos, lo que me había ofrecido Ekaitza: su clara y directa proposición. Le confesé que cada vez estaba más segura de que toda la insistencia de ella podría estar derivada de Óscar. Porque... a Ekaitza la conocía de años, aunque sólo fuese de vista. Si tan bien le caía yo a ella, podía venir a hacer otras cosas conmigo como *zumba*, no sé. Saturnio me habría visto en contadas ocasiones desde que se instalaron en el caserío, haría ya más de diez años. Y Leocadia... ella **nunca** me había dicho ni *hola* al cruzarnos alguna vez en el camino. Entonces... tenía que ser todo por Óscar. Lo de la máscara también parecía una cuestión clave. Pero también era cierto que si tan rico era, quizá la máscara para él fuese el menor de sus gastos. Me sentía tan agobiada, tan sobrepasada por todo aquello, que le lancé a Erik, ansiando desesperadamente una respuesta positiva:

"Oye... necesito saber de una vez por todas qué es lo que éstos se traen entre manos. Pasan cosas muy raras y cada vez estoy más asustada..."

Erik me aseguró que me ayudaría, pero no me dijo cómo. Y yo... no me atrevía a confesarle... lo que de verdad quería. Seria, aguardé silencio. Y él, al notarme bloqueada, se puso a pensar concentrado. Yo creo que intentaba dar con alguna solución que me sirviese. Se ofreció a ir conmigo a la casa de Saturnio, para que así ya, de una vez por todas, viese lo que allí sucedía y dejase de imaginarme lo peor; él me protegería ante cualquier posible peligro o amenaza. Le contesté que ni loca iba a ir allí. Luego me propuso ir un día al Lilibeth y **hablar** directamente con Leocadia, a ver si así la calábamos... Pero aquello tampoco me serviría de mucho, le dije. Y al final, al no ofrecerme lo que yo de verdad necesitaba, me lancé a evidenciar mi propuesta:

"Te agradezco que quieras llevarme a casa cada día, pero… creo que… me encantaría que… me ayudases a ver qué sucede en el caserío de mis vecinos. Desde mi tejado podremos verlo, con prismáticos…"

En ese instante se hizo un incómodo silencio. Esperé unos segundos sin siquiera a moverme. Erik suspiró. Muy cortada, elevé la cabeza lentamente y con disimulo, me arriesgué a leer su verdadero sentimiento a través su rostro. Tragué saliva al evidenciar una ligera reticencia en él. Entonces simplemente me atreví a añadir:

"No tienes que hacer **nada**, sólo estar conmigo."

Ante mi mirada de súplica, Erik sonrió forzadamente. Acto seguido me rodeó con sus brazos y me besó en la frente para segundos después, expresar parco:

"Lo que tú **quieras**."

Al escuchar aquella aceptación espiré aliviada. Sabía que él no estaba del todo convencido, así que pagué yo la cuenta unilateralmente como agradecimiento. Y ya, a paso rápido nos dirigimos hasta su coche. Me subí en la parte trasera y me tumbé sobre los asientos para que no se me pudiese ver desde fuera. ¿Era aquello de paranoica?; probablemente sí, pero no quería que ninguno de ellos supiese nada de mí, ni con quien iba, **NADA**. Erik condujo con rapidez y aparcó el coche donde le dije; unos metros antes de llegar a nuestra parcela, bajo la antigua granja, oculto tras la maleza. Desde ahí fuimos caminando en la plena oscuridad hacia mi casa. Justo antes de cruzar la valla del jardín, me adelanté levemente para comprobar que, una vez más, la moto de Ekaitza y el coche de Óscar yacían aparcados frente a la puerta del caserío de mis vecinos. Le hice un gesto a Erik para confirmarle su presencia.

Al atravesar la cerca de madera, vi que Felipa jugaba con KittyMar en el jardín. Le habían puesto un collar a la gata, cuyo extremo quedaba engarzado a un saliente del muro. Le dije a Felipa que iba a terminar el trabajo con Erik y ya, subí las escaleras rauda. No quería **bajo ningún concepto** encontrarme con mis padres; si veían a Erik, fijo que mi padre se imaginaría lo peor... Al llegar al último piso ni siquiera entramos a mi habitación. Aún cargando con la mochila, abrí la trampilla y saltamos al tejado. Los prismáticos los había dejado en el pasillo ya listos, con el plan hilvanado en mi cabeza la noche anterior.

Le di la mano a Erik y lo guie hacia la esquina que apuntaba hacia la casa de los vecinos. De un impulso me ayudó a saltar a la sección principal. La vez anterior no me había atrevido a cruzar allí sola. Desde ese punto tendría una mejor perspectiva.

Alcé los prismáticos y eché un vistazo a su través. En esta ocasión el jardín estaba vacío. No había rastro de nadie. Erik, por alguna extraña razón, se mostraba incómodo, como si aquello estuviese totalmente fuera de lugar. Me pregunté si yo estaba perdiendo la cabeza. No sé. Me vislumbré ahí con mis brazos agarrotados sosteniendo los prismáticos en gran tensión, totalmente aterrada por lo que mis vecinos pudiesen hacer... Me entraron dudas sobre si estaba siendo, quizá, demasiado paranoica, incluso egoísta. Intenté evadirme de la situación, verla desde fuera. Me fijé por un momento con los ojos desnudos, en el titilante resplandor de las ventanas. De nuevo, aquella tenue luz anaranjada. Estaban allí. Y en ese instante escuché un fuerte resoplido a mi espalda. Erik se giró hacia mí y me expuso con severidad:

"Oye, entiendo lo que te pasa, pero… **es nuestra segunda cita**. No sé, podemos hacer cosas mejores que estar aquí… ¿sabes? Quizá no deberías preocuparte tanto."

Erik se separó de mí varios centímetros. Dejó caer todo el peso de su cuerpo contra el contrafuerte de la buhardilla y agachó la cabeza con resignación. En ese momento me sentí totalmente desalentada. No supe ni qué decir. Había dado por hecho que contaba con su apoyo. Y ante mi bloqueo, lo vi que indiferente agarraba el móvil y se lanzaba a escribir. Tecleaba ansioso, ajeno ya totalmente a mi presencia ¡Buff! Me planteé si podría incluso estar

escribiéndole a alguna **otra** de Tinder que no le pareciese una loca como yo. Y entonces, tal vez dejándome llevar por mi agobio extremo, expresé hacia su cabizbajo rostro:

"**Quizá** es verdad lo que dices. Dame sólo unos minutos más..."

Erik me devolvió la mirada contrariado y después desvió sus ojos hacia la trampilla, quizá pidiéndome así que pusiésemos ya punto final a aquella escena. Pero yo no quería resignarme. Con cierto desespero, hice regresar mi vista hacia la casa ansiando algún cambio, algún hecho que demostrase el raciocinio de mi enajenación. **Conté hasta diez**. Cerré los ojos y los volví a abrir. Pero nada anómalo parecía suceder. Suspiré frustrada y en pleno silencio, me acerqué a Erik y le di la mano. Le propuse a Erik escuchar algo de música con sus auriculares, él podía elegir lo que quisiese.

Fue en ese instante cuando KittyMar apareció a través de la trampilla. La noté excitada, alerta, en posición defensiva, arisca. Y sólo instantes después me percaté de que las luces del salón de aquella casa, se habían apagado. Erik se acercó a mí al notarme, por alguna razón, temblando. Me rodeó con sus brazos y entonces me susurró rozando mi oreja con sus labios:

"**Fíjate cómo estás.** Sólo han apagado una luz... Todo esto no te hace ningún bien. ¡Anda!, coge los prismáticos y **vámonos** para dentro..."

Nerviosa, me separé levemente de su cuerpo. Y fue sólo unos segundos después cuando una lucecita, luego otra, y luego otra, se fueron encendiendo en aquel jardín. Y como si fuese capaz de arrastrarme totalmente consigo, una ola de pura tibieza me sometió entera. Elevé los prismáticos hasta mis ojos y los dirigí hacia aquellas extrañas señales. Y entonces, quizá fue porque la luna no quedaba oculta bajo ninguna nube, pero lo vi claro; se trataba siluetas humanas. Conté tres... segundos después vi la cuarta. Sólo podían ser ellos. Esta vez cada uno portaba una luz. En fila india se iban desplazando con serenidad. La primera figura parecía portar algo enroscado en la cabeza. El pulso me temblaba a borbotones, me costaba horrores mantener el ángulo de visión.

Suspiré entre mi galopante nerviosismo. Erik no me preguntó nada, siguió pegado a su móvil. Pero no me importó esta vez. Alcé de nuevo los prismáticos, así como la luz de aquellas velas iba aumentando gradualmente su amarillento brillo. Y entonces los vi recorrer el jardín de castañas. Iban desnudos. Su expresión no se podía distinguir con nitidez, pero parecían serenos. Neutros. Leocadia abría la comitiva con unos cuernos de cabra ceñidos sobre su cabello. Detrás Óscar, pávido y serio. Sus brazos sostenían un lánguido objeto oscuro. Traté por todos los medios de focalizar en él, pese al agitar de mis incontrolables espasmos. Aquel alargado bulto parecía orgánico, como si estuviese cubierto de pelo. Observé que de él colgaban apéndices, quizá patas. Por el tamaño, la forma, quizá se trataba de un zorro, o de un cabritillo. Presenciar aquello me provocó **verdaderos** escalofríos. Justo tras él se encontraba Ekaitza. Su piel resplandecía blanquecina, parecía embadurnada en harina, arena, o algún tipo de tinte blanco. Me llené de estupor al observar que su boca aparecía roja. Como manchada de sangre. Me sobrecogí al ver tal dantesca imagen. Tras ella, Saturnio cerraba la fila, cojeando al compás de un tétrico ritmo. Y entonces los cuatro se amontonaron frente al límite del jardín, el cual quedaba definido por un alargado montículo de arena. Ekaitza dio un salto y se dejó caer en un profundo surco de tierra que había justo detrás. Era el canal de riego, la zanja por la que una parte del río se desviaba para inundar la vega de aquella casa. Justo después, fue Óscar quien dio el salto. Noté su fofa silueta desaparecer, aún cargando con aquel bulto entre sus brazos. Justo después vi que Leocadia se agachaba, parecía querer bajar también, Saturnio la ayudaba. Saltó con cautela, y desapareció. Finalmente, su marido hizo lo mismo segundos después. Y ya, sólo quedó el silencio interrumpido por los millones de grillos que nos rodeaban. La luna pasó a ocultarse en ese momento tras un nubarrón.

Me gire hacia Erik acongojada. Aterrada y asustada. **Lo abracé**. En ese instante lo único que necesitaba era que él me diese todo **su calor y apoyo**. Mis piernas se tambaleaban estrepitosamente. Tuve que sentarme durante un buen rato. Él hizo lo mismo a mi lado.

Minutos más tarde, cuando a duras penas logré serenarme, pusimos rumbo hacia la trampilla y ya, bajamos a mi habitación. Allí, sintiéndome ya algo más segura, le expliqué textualmente a Erik todo lo que había visto. Me encontraba en *shock*, completamente impresionada. ¿Querían que yo me uniese a algún extraño ritual? Pero para jugar ¿qué papel? ¿Algo perverso? Erik me dio la mano y me dijo que no le diese importancia, que eran cosas de ellos, que no debía sentirme atacada por algo que no me afectaba en lo más mínimo. ¡Buff!, no me gustaron **nada** aquellas palabras; en ese momento me sentí muy incomprendida.

Erik me propuso quedarse a dormir si yo quería. Le dije que ni hablar, que mis padres se pensaban que él era un compañero de clase. Me ofrecí a acompañarlo hasta el jardín si se quería ir. Pero antes, ¿me iba a atrever a pedirle... un último favor? Un favor **muy** grande. No tenía por qué hacerlo. Pero aun teniendo la absoluta certeza de que mi petición excedía todos los límites de lo razonable, me atreví totalmente temeraria, a articular:

"Mira... sé dónde están. Es la zanja de su acequia. Y sé también desde dónde, hay un punto desde el cual se ve su interior. Está muy cerca y no nos verán. Si no te importa, podríamos ir... ahora."

Erik mostró **sin disimulo** una expresión incómoda, congelada. Y yo al verla, traté de dejar a un lado mi tremebundo nerviosismo y supliqué:

"Por favor, ¡tengo que enterarme de una vez de qué va todo esto!"

Lo noté claramente en un aprieto. Esbozando un raro gesto de bloqueo me pidió ir al baño. Lo acompañé hasta la puerta entre palpitaciones. Erik cerró la puerta y yo entonces bajé las escaleras y avisé a mi hermana de que iba a salir por lo que llamábamos *el cañizo*. Le pedí que no le dijese nada a los papás, pero que prefería que ella supiese por dónde estaríamos.

Subí las escaleras y KittyMar me siguió. Erik salió en al momento del baño. Me miró a los ojos con firmeza y me expuso situándose muy cerca de mi rostro:

"Sigo sin verle un gran sentido a todo esto... no es algo que vaya contigo." —Erik espiró profundamente y dejó pasar un par de segundos antes de añadir— "Sólo si de verdad lo necesitas, te acompañaré."

Aliviada suspiré, me acerqué a él y lo agarré de la mano. En silencio lo guie a mi habitación, alcancé los prismáticos y ya, descendimos las escaleras con sigilo. Afortunadamente nadie nos vio. Salimos al portal y atravesamos el jardín. La noche era oscura; el cielo se encontraba casi totalmente encapotado. Una bruma fresca recorría el ambiente a ráfagas de velocidad cambiante. Señalando al frente, indiqué mientras abría la cerca de madera:

"A cinco minutos de aquí hay un cañar. Marca el final de la acequia que riega los huertos de mis vecinos. Hay un pequeño recoveco, una curva desde la cual, puede verse lo que sucede al fondo de la zanja donde ellos han saltado. Sígueme, porque tendremos que dar varios saltos en un pequeño terraplén. Pero es fácil si sabes dónde hay que poner los pies."

Erik no me respondió con palabras, sólo esbozó un gesto de resignación mientras me pedía los prismáticos; él los llevaría. Se los entregué y me arrojé entre los frondosos matorrales que crecían frente a nuestra casa. La hierba era abundante, el terreno muy irregular, desnivelado y a veces embarrado. El sonido de los grillos era constante y agudo, rítmico. Ranas croaban desde el humedal, ramitas crujían en ocasiones al clavar el pie en cada paso. Mi ritmo era acelerado; una gran tensión, un instinto de pavor y al mismo tiempo de **ansia** por conocer la verdad, me gobernaban. La presencia de Erik lo suponía todo para mí. La seguridad que él me daba, su determinación, eran tan importantes como el gélido aire que penetraba en mis pulmones a cada acelerada inspiración.

Tras un par de trémulos minutos marchando a toda prisa, atravesamos una zona encharcada y mis zapatillas se embarraron por completo. Avisé a Erik para que tuviese cuidado. Saltamos sobre una gran roca rodeada de agua y ya, finalmente alcanzamos el pequeño terraplén. Conocía de memoria dónde había que colocar los pies para descenderlo. Ayudé a Erik a saltarlo a través de un estrecho hueco escalonado entre dos salientes de roca. Y ya, continuamos abriéndonos paso entre la maleza siguiendo un pequeño sendero, el cual suponía el cauce natural del agua cuando se producían grandes tormentas. Me di cuenta en ese instante de que mi pulso se encontraba desbocado: estaba perdiendo la consciencia del disparado estado de mi excitación.

Un par de lechuzas sobrevolaban nuestro cenit cuando finalmente alcanzamos el cañizo. Me sorprendió ver la gran cantidad de cañas que había entonces; muchas más que mi última vez allí, quizá como consecuencia de las tormentas de finales de verano. Esperé a que Erik se colocase a mi lado y entonces señalé hacia un recoveco que se situaba bajo nuestros pies. Entonces le indiqué en voz baja:

"Desde ese punto ya puede verse toda la zanja de la acequia. **Ten cuidado**, porque ellos también podrán vernos."

Salté decidida sin esperar una posible réplica. Avancé a tientas un metro y ya, aguardé a escuchar el sonido de sus zapatos golpeando el barro. Le di entonces la mano. Y bajo la tenue luminosidad de las estrellas y la luna resplandeciendo entre el encapotado cielo, di escuetos y pequeños pasos hacia el frente. El agua fría correteaba atravesando mis empapados calcetines. Erik se colocó tras de mí y posó sus manos sobre mis hombros. Entonces, entre aquel pulcro silencio, me esforcé por agudizar al máximo mi oído. Al igual, mis ojos fueron acostumbrándose a aquella mínima luz. Agarré los prismáticos y los guie en línea recta hacia adelante. Sabía que ellos debían estar allí. En ese instante, Erik expresó robótico apoyando su gélida mano sobre mi hombro:

"No se distingue nada, no creo que desde aquí podamos ver algo…"

Lo noté claramente frustrado. Evitando a toda costa ceder ni un ápice estando tan cerca, respondí:

"Está tan oscuro que aunque avancemos un poco más, es imposible que nos vean… Ven conmigo. Sólo asegúrate de que no sacas el móvil, y de que lo llevas en silencio."

Di amplio paso hacia adelante. El suelo se encontraba cada vez más embarrado, casi como arenas movedizas. Tracé una nueva zancada. Inspiré. Después otra y otra, acelerándome, hasta llegar a una docena. Y fue justo al clavar mi pie sobre una de las rocas, cuando un extraño **crujido** reverberó bajo la suela de mis zapatillas. Recogí la pierna hacia atrás como acto reflejo. ¿Se me había caído algo de los bolsillos? Apunté con la pantalla del teléfono y entonces lo vi. Y no me lo pude creer. Embarrado, algo fragmentado; era otro de esos camafeos. Esta vez, de una figura erótica. ¿Pero qué coño pasaba con eso?

Lo guardé en mi bolsillo instintivamente, quizá a modo de prueba de aquella *investigación*. Y ya, avancé un poco más concentrándome en localizar algún atisbo de su presencia. Erik se colocó entonces junto a mí, esperando a que yo diese un paso más. Pero no pude. Presa de un enorme estupor... un escalofrío me recorrió al advertir las lucecitas de sus velas. Clavadas el suelo, emitían una lumbre intermitente, titilante y fantasmagórica. Aquello me hizo estremecer. Pero haciendo de tripas corazón, tratando de armarme de valor, agarré los prismáticos y los dirigí en aquella dirección conteniendo la respiración.

Bastaron un par de segundos para enforcarlos con nitidez. Y entonces lo que presencié me paralizó el corazón. No hubo introducción, tal cual, mis ojos lo advirtieron **de lleno**. Para mi gran horror, distinguí cómo los cuatro merodeaban desnudos, los hombres con el pene erecto, las mujeres abrazadas y besándose. Se les veía entregados en una especie de ritual u orgía... Tuve que cerrar los ojos por un instante, respirar, separarme mentalmente de lo que estaba viviendo. ¿Qué se suponía que estaba pasando?

Sabiendo que no podía regresar dejando abiertas tantas incógnitas, alcancé de nuevo los prismáticos. Estaba decidida a llegar hasta el final. Agarroté los brazos, tratando de congelar el palpitante movimiento de mis codos. Vislumbré entonces a Óscar. Estaba agarrando por detrás a Ekaitza, penetrándola. Ella se movía frenética, mirando hacia el frente; parecía entregada a aquel frenesí, aullando por momentos. Óscar continuó así durante varios segundos para justo después, sacar su miembro e introducirlo por la vagina de Leocadia. Su marido pasó entonces a hacer aquello mismo con Ekaitza. Ver sus cuerpos desnudos, sus toscos movimientos, sus expresiones faciales puramente dominadas por un poderoso instinto animal, de perversión, de desgarradora posesión viciosa... hizo que me sintiese aterrorizada y profundamente vulnerable.

Quizá al notarme pávida, subyugada por el más **absoluto** terror, Erik se volteó hacia mí con inquietud. Yo en cambio no pude ni esbozar palabra. Simplemente le pasé los prismáticos intentando borrar de mi mente aquella horrible imagen. Erik oteó entonces a través de ellos. Sólo necesitó un par de segundos antes de devolvérmelos. Ninguno de los dos abrimos la boca. Sólo me acerqué a su torso, le di la mano y lo abracé. Necesitaba sentir la protección de su cuerpo, todo su calor. Miles de preguntas rondaban por mi aterrorizada mente; ¿para qué quería Ekaitza que yo estuviese allí?, ¿cuál era su verdadero propósito conmigo?

Inmersa en aquel vaivén de incógnitas, me atreví a hacer regresar la mirada a través de las lentes. Fijé mis ojos en aquella escena, intentando bloquear cualquier atisbo de humanidad en ellos. Debía distanciarme emocionalmente de tal horripilante realidad, no tenía otra elección. Aquel ritmo frenético de sus cuerpos continuó durante un par de minutos. Sus movimientos eran potentes, desatados, animales, salvajes y desgarradores. Me encontraba cada vez más sobrecogida, aterrada ante aquella espantosa escena. Justo a los pocos segundos vi a Óscar terminar. Lo hizo fuera de las chicas, en el suelo, sobre las rocas. Saturnio, al igual que él, soltó a Ekaitza y la apartó antes de liberar todo su interior fuera de su cuerpo. Leocadia y Ekaitza se abrazaron entonces y se besaron. Los vi entonces a los cuatro aproximarse, se sonreían, se mostraban satisfechos, había entre ellos una cierta camaradería extraña. A los pocos segundos Ekaitza ascendió de un atlético salto fuera de la zanja y ya, le dio la mano a Óscar, quien con cierta facilidad se situó junto a ella en tres zancadas. A continuación, con cuidado, ayudaron a Leocadia y a Saturnio a subir aquel pequeño terraplén. Leocadia se liberó entonces de aquella extraña cornamenta y se acercó lentamente hacia la tajadera metálica que frenaba el paso del río hasta su finca. Focalicé mis ojos en ella. Verla totalmente desnuda, llevando a cabo aquellas tareas de campo, me causó una enorme impresión. De un seco impulso levantó la tajadera con fuerza. Y en ese instante la acequia pasó a inundarse de agua. Aquella oscura corriente acuosa se desplazó con arrojo a través de la zanja. Arrastró consigo todos aquellos fluidos corpóreos desperdigados sobre aquel lugar. Comprendí en ese instante que debíamos escapar de nuestro escondite. En cuestión de pocos segundos, aquella lúbrica corriente llegaría hasta nuestros pies. Agarré a Erik por la muñeca y lo guie deshaciendo el camino con determinación. Corrimos. Simplemente ansiaba con toda mi alma escapar de tal pesadilla; en cada recoveco, tras cada sombra, el recuerdo de todas aquellas pútridas imágenes **me acechaba.**

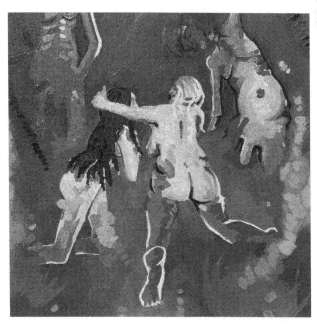

Llegamos hasta mi casa con la respiración desbocada. Cruzamos la valla y conduje a Erik al lado opuesto del jardín, hacia donde daba la habitación de mi hermana. Entonces le expliqué todo lo que había visto. Me costaba hasta narrarlo. Erik me escuchaba, dándome la mano. También parecía algo impresionado por mis palabras, aunque transmitía una gran enttereza; quizá sólo quería que yo no me dejase llevar por el pánico. Justo cuando describía el abrazo final entre ellos cuatro, para mi gran sobresalto, el crujir de unos pasos se impuso frente a nosotros. Agarré de la mano con fuerza a Erik inmersa en absoluto pavor. Y sin poder contenerme grité. El corazón se me desbocó hasta **casi explotar** cuando una luz potente me deslumbró. Y en ese instante una escaramuza nos increpó con fuerza:

"¡¿Pero qué hacéis ahí?! ¡Me habéis dado un susto de muerte! ¡Meteos en casa!"

Respiré aliviada al reconocer a papá. Se le veía furioso. Sin poder pararme a pensar, aún temblorosa, respondí intentando ocultar mi pavor:

"Le estaba enseñando la casa… Es un compañero de clase, ha venido a terminar un trabajo y…"

Papá resopló cabreado. No entendí a qué vino tal airada reacción. ¿Era porque estaba con un chico? O lo que era peor… ¿conocía **exactamente** lo que acontecía a escasos metros de allí esa misma noche? Erik se limitó a saludar con la mano, a lo que yo inicié la marcha hacia la valla del jardín. Entendió, por tanto, que era mejor que se fuese.

Nos despedimos con la mirada. Papá ni siquiera pronunció palabra. Me quedé ahí en la puerta, reteniéndolo, hasta que Erik se adentró entre los árboles que ocultaban su coche. Acto seguido corrí hacia el portal tirando del brazo de papá.

Sabía que quería contarles todo a mis padres. Pero no sabía ni cómo hacerlo. Esa noche no me apetecía hablar de aquello. Simplemente entré al salón y le di un abrazo a mamá. Le dije a Felipa que podía dormir conmigo si quería, a lo que ella, feliz, accedió. Le encantaba pasar la noche juntas.

Nos lavamos los dientes, nos pusimos los pijamas y nos metimos bajo el edredón de mi cama. Felipa quería que viésemos una *peli*, pero le dije que no; al día siguiente madrugábamos las dos. De mi mano, se durmió enseguida. Yo, sin embargo, me encontraba totalmente desvelada; mi pulso se aceleraba taquicárdico en cada minuto, al revivir una y otra vez aquella horripilante escena en mi mente.

El reloj marcaba la una y cuarto cuando un grave rugido se impuso en el ambiente. La habitación se llenó por un instante de una **poderosa** y amarillenta luz. Agarré de la mano a Felipa. Desde la cama, a través de la ventana, el lóbrego brillo de sus faros impactó contra mis ojos. Óscar y Ekaitza habían dado por concluida su visita.

)⁑✕⁑(

Fue el sábado siguiente, estando con éstas en el piso de Sandra en San Sebastián, cuando tuve el valor de contarle a alguien lo que había **presenciado** con Erik. Las tres se quedaron totalmente impactadas al escuchar mi historia. Sabían de sobra que los recelos familiares hacia nuestros vecinos venían de largo, pero para nada sospechaban que algo así pudiese estar sucediendo frente a mi casa.

Esa noche salimos a cenar a un Goiko, y sobre una tarta de Oreo, Sandra colocó dos velas rojas formando un 18. Soplé deseando que toda aquella pesadilla acabase de una vez por todas. Después nos fuimos a tomar unas copas por el casco viejo. Sandra nos llevó a su *Irish* favorito y pedimos un par de rondas de Guinness.

A eso de las dos volvimos al piso. Ellas se hubieran quedado más, pero **claramente** notaron que yo no me sentía con ganas de alargar la noche. Decidimos que, para compensar, al día siguiente iríamos a un *brunch* caro.

Descansaba tumbada en el sofá, junto al colchón hinchable donde Miren y Lucía ya dormían a pierna suelta, cuando recibí un mensaje de Erik. Él esa noche sólo había salido de cena y estaba ya en casa. Me preguntó si ya me encontraba mejor después del traumático episodio de dos noches atrás. Le respondí que lo estaba sobrellevando. Me felicitó entonces con un *emoji* y me puso que se moría de ganas por verme. Me había preparado un regalo muy especial, me reveló entre emoticonos de risas y corazones.

Y al poco tiempo, de nuevo, comenzó a tontear conmigo de una forma algo **pícara**. Me pregunté si tanta necesidad de mí tenía ya, como para ponerse así de insistente en muchas de las noches que hablábamos. Le comenté que estaba en la misma habitación que éstas, que no podía enviarle nada. Me dijo que fuese al baño si quería, sólo por **animar** un poco su noche. Le insistí que no podía, a lo que él me repitió una y otra vez que con poco le valía. Aquella noche la conversación acabó sin beso de buenas noches por mi parte.

)✲✖✲(

Después de que en el *brunch* del domingo el tema de Erik hubiese sido analizado en profundidad, las tres decidieron por unanimidad que el momento del primer beso tenía que llegar ya. Lucía me dijo que era normal no darle sexo en el primer mes si yo era virgen, pero que si Erik me interesaba de verdad, tenía que dejarle claro, por lo menos con un buen morreo, que quería exclusividad. Que si no, hasta entonces, tampoco estaba la cosa lo suficientemente clara como para saber que había un *algo particular*.

Así que el lunes después de FP, a eso de las dos, lo cité en el JiaJia. Él se había cogido libre ese día.

)✲✖✲(

A la hora indicada, ni un minuto más ni menos, Erik apareció con un ramo de rosas. Bueno, sólo había dos rosas y mucha clavelina de esa *de relleno*, pero eran rosas. Me dio un beso en la frente, me gritó **FELICIDADES** a pleno pulmón y se sentó a mi lado mostrándome una enorme sonrisa. No sé si quería demostrar a los cuatro vientos que yo era *suya*, que estaba orgulloso de mí, o qué, pero me derritió, la verdad. Y entonces dejó caer sobre la mesa un sobre de color salmón con una pegatina en dorado que decía **TE LO MERECES**.

Sonreí mientras aproximaba mi mano hacia el sobre, totalmente ansiosa. Pero justo antes de poder alcanzarlo, Erik presionó con sus dedos sobre él y entonces me advirtió con gravedad:

"¡Eh! … que antes te lo tienes que ganar…"

¡Opss! Lo miré cortada antes de atreverme a soltar una carcajada nerviosa. Erik sin embargo no varió su expresión. Así que al ver que la cosa iba en serio, le pedí que me explicase en qué consistía aquello.

Erik me explicó que el sobre **sólo** se podía abrir en un lugar sin gente. Asentí incrédula pero concesiva. Así que ante tal premisa, nos terminamos el café rápido. Y ya, acto seguido, caminamos unos metros hasta su coche. Mientras, tanto, le fui explicando mi *finde* con éstas. Pasaba al asiento del copiloto cuando ya él, me hizo saber mientras arrancaba:

"Voy a llevarte a un lugar. Puede que sea cerca, puede que sea lejos, jeje… Y sólo cuando lleguemos allí podrás abrir tu regalo."

Lo miré incrédula ante tal propuesta. Nunca había hecho algo así, jaja. Erik, yo creo, al notarme tan perpleja,

sonrió divertido. Entonces me soltó con seriedad mientras
señalaba su cara:

"Jaja, tranquila, que no te voy a vendar los ojos…
podrás seguir viendo esta preciosidad."

Le di un golpe en el hombro de forma juguetona
mientras liberaba una carcajada, ya relajada. Erik configuró
entonces el GPS en el móvil, ocultándome el destino. Y ya,
arrancó con determinación dejando atrás del casco urbano.
Encendió la radio y nos quedamos en silencio escuchando
Greenday. Erik subió el volumen hasta casi el máximo. Yo
creo que no quería que le intentase sonsacar nada.

Y así, tras varios túneles y montañas, tomamos un
desvío para para entrar a Elizondo, un pueblo en el norte de
Navarra de lo más tradicional. Nunca había estado allí. Erik
aparcó junto al frontón de pelota vasca. Y nada más echar el
freno de mano, me invitó con una perceptible excitación en
sus ojos:

"¡Abre ya si quieres el sobre!"

Así que eso mismo hice, totalmente intrigada y también entusiasmada. Desplegué un fino papelito rosado y pronuncié en voz alta entre una medio sonrisa:

VALE POR UNA NOCHE DE HOTEL EN LA CASA RURAL EDURNE. El precio: un beso (no negociable). La fecha de estancia, la que tú elijas.

Así como terminé de leer la última palabra, él se acercó hacia mí y señaló hacia una colina frente a nosotros, visible tras una ligera neblina. Y entonces, me susurró travieso:

"Es ese caserío de ahí. No me digas que no mola."

No pude evitar soltar una carcajada de incredulidad. ¿Iba en serio? ¡Estaba alucinando! Era un caserío superbonito, pintoresco a la vez que moderno, una pasada. Pero por otro lado... **aquello del precio, un beso**... no me gustó nada. Hizo que se perdiese la magia. ¿No resultaba entonces un poco... *forzado*? Envuelta en aquella contradictoria sensación, solté intentando no hacer visible mi reticencia:

"Hoy no podrá ser, es que... obvio que no he avisado en casa."

Erik balbuceó entonces, algo confundido:

"No, jaja. Hoy es imposible. Sólo quería que la vieses... para que te mueras de ganas... y me pagues **pronto**. Jeje."

Rei quizá algo forzada. Y en ese instante, balbuceé una confesión disfrazada de *comentario banal,* la cual revelaba, en realidad, una de mis mayores inseguridades:

"¿Sabes?… **es que**… nunca he besado a nadie."

Erik se quedó descolocado al escuchar aquello. Quizá no entendía cuál era el significado real de tal frase. ¿Le estaba diciendo que no me atrevía? O más bien… ¿que no quería besarlo? Algo **e s t u p e f a c t o**, me respondió como si estuviese midiendo cada una de sus palabras:

"Mhhhh… más honor aún si es así, seré yo el primero."

Mis ojos se iluminaron. Su bella sonrisa me dio en ese instante una confianza plena. Lo vi entonces inclinar lentamente su cuello hacia mí, complacido. Me sentí liberada totalmente en ese momento. Y a medio camino entre su boca y la mía, él me susurró sonriendo…

"Si quieres cerrar los ojos… no tienes que hacer nada más. **Yo me ocupo de todo**."

Una sonrisa traviesa se materializó en mi boca. Cerré los ojos separando levemente mis labios. El pulso se me descontroló **salvajemente**. Noté su olor más intensamente que nunca. Me volví loca al sentir su calor frente a mí. El tacto de sus labios se posó sobre los míos. Los abrí lentamente y entonces la llamarada de su lengua inundó la superficie de la mía. Mi paladar ardió. Nuestras lenguas bailaron engarzándose. Y tras un instante, supe que ya se lo había dado. Era él. Erik era mi primer amor.

Me acerqué a sus pectorales y me acurruqué sobre su torso. Y él, agarrando el volante a modo juguetón, me preguntó señalando hacia la casa:

"Señorita, ¿cuándo volamos hacia las estrellas?"

Solté una histérica carcajada y le respondí:

"Bueno… eso tendrá que esperar un poco más, jaja."

)✸✕✸(

Finalmente, el martes tuve que enfrentarme a aquel momento que tan poco deseaba. Sentada y ya con los apuntes sobre la mesa, vi llegar a Ekaitza. No pude evitar que su imagen desnuda hiciese acto de presencia en mi mente cual tornado destructor. Aquella horrible escena quedaría **grabada a fuego** en mi cerebro para siempre.

La primera hora pasó anodina entre repetitivos ejercicios de vocabulario *otoñal*. Y nada más Mathew anunció que el descanso comenzaba, como un rayo me levanté y corrí buscando cobijo en Cynthia. Y ciertamente nerviosa, solté sin pensar:

"¿Qué tal? ¿Has tenido un buen finde?"

Me planteé si quizá me estaba comportando como una loca ante sus ojos. Pero Cynthia en lugar de extrañarse, acercó con disimulo sus labios hacia mi mejilla y me susurró con voz muy baja:

"Vamos a la calle, hay algo **importante** que te tengo que contar."

Le devolví la mirada completamente extrañada. Cynthia y yo no teníamos ningún tipo de confianza… era altamente improbable que quisiese compartir conmigo nada *personal*. El corazón se me aceleró de repente; me encontraba tan exhausta emocionalmente, que no pude evitar ponerme en *lo peor*.

Bajamos las escaleras al trote. Cynthia marcaba un apresurado ritmo mientras sostenía agarrotada su abultado bolso de cuero. Cruzamos el *hall*, atravesamos la puerta principal y la seguí para inmiscuirnos en una callejuela opuesta al Lilibeth. Y segundos después, ya sentadas sobre un desconchado banco rojo metalizado, Cynthia abrió su bolso con ansia. Y ante el acelerado pulsar de mi corazón, de él sacó un sobre de papel en tonos café. Escrito a mano, en una caligrafía picuda que más bien parecía de épocas pasadas, se podía leer un:

PARA INGRID

Cynthia me acercó con decisión aquel sobre. Y mientras yo tendía mi mano con una desconcertada mirada, inició serena su narrativa:

"A ver…, te lo cuento tal y como me pasó. Sé que es **raro**, pero no sé más. El jueves pasado te fuiste tan rápido de clase sin despedirte de nadie, que hasta Mathew nos preguntó si te pasaba algo… De ahí estuvimos un rato hablando entre risas, y después nos bajamos Susana, Guille, él y yo al Lilibeth. Echaban un partido de *basket* que los chicos querían ver. Nos sentamos donde la otra vez, en los taburetes frente a la pantalla. Los chicos a su aire, viendo el partido, Susana y yo comentando tonterías del pueblo. Casi al final del partido Susana se fue a casa, momento que yo aproveché para ir al baño. Fue justo al volver con éstos, cuando encima de mi silla **me encontré** este sobre. Les pregunté a los chicos si habían visto a alguien dejarlo. Me dijeron que no. No lo he abierto… ni tengo idea de quién lo pudo dejar ahí. Sólo sé que me dio **MUY MAL ROLLO** el encontrármelo sobre mi silla. Supongo que alguien nos estuvo observando... Y claro, si sabe que tú y yo nos vemos en clase… tiene que conocernos."

Cynthia me miraba fijamente. No sabía qué hacer, ni siquiera me sentía cómoda sosteniendo aquel enjuto sobre entre mis dedos. ¿De verdad quería abrirlo? ¿De quién sería?

Mi intuición sólo apuntaba en una única dirección. ¿Tendría algo que ver con…? **Me atreví** a materializar aquella pregunta a través de mis labios:

"¿VISTE ESA NOCHE A LEOCADIA EN AQUEL BAR?"

Cynthia esbozó una mueca de perplejidad ante mi pregunta, como si no entendiese nada. Sin embargo, a continuación, cerró los ojos por un momento como haciendo memoria. Una heladora brisa se inmiscuyó entre nosotras durante ese par de segundos. Y entonces, mostrándome de nuevo sus penetrantes pupilas verdes, me comunicó:

"Estaba en la barra cuando llegamos. Pero debió de marcharse enseguida. **¿Por qué?**"

Aquellas palabras me dejaron helada. Detuve mi respiración por un instante, impresionada. En ese momento el móvil de Cynthia vibró. Tras echar un rápido vistazo a su pantalla, lo giró colocándolo hacia mí: era un mensaje de Susana; nos estaban esperando para comenzar la clase. Deslicé el sobre bajo mi jersey y raudas, deshicimos el camino a la academia y subimos las escaleras a zancadas.

Entre gestos de extrañeza ante nuestra tardanza, se reanudó la lección. Intenté no mirar hacia adelante. Ekaitza, yo creo que ese día me notó claramente evitándola. No me dijo tampoco nada más aquella tarde. Ese día la clase acabó antes. Se jugaba el Real Sociedad – Manchester de *la Champions* y Mathew estaba que se subía por las paredes. Nos invitó a ir con él al Lilibeth si queríamos, suavizando así la *injustificada* hora de salida. Nadie se unió, ni siquiera yo. Erik también quería ver ese partido con sus compañeros de trabajo, así que no habíamos quedado.

Papá me esperaba en su coche a la salida de la academia. *Como un rayo* crucé los escasos metros que me separaban de la puerta de su Volkswagen color champán. Me preguntó si me encontraba bien al verme subir al asiento trasero. Evitando su mirada en el retrovisor respondí que sí, parca. Papá era de pocas palabras por lo que aquella respuesta le bastó. El coche arrancó sin más dilación para adentrarse la calle mayor, para justo después inmiscuirse en el oscuro camino. Aproveché la penumbra para deslizar mi mano, tétrica y nerviosa, bajo la estriada superficie de mi grueso jersey de lana. Buscando aquello en lo que no había cesado de pensar en la última hora. Alcancé el sobre y a tientas lo deslicé fuera de su escondite. Posándolo, a la merced de mil involuntarios espasmos, sobre mis rodillas. Sentí en ese instante un escalofrío al percibir con intensidad aquel granuloso tacto, áspero como el puro hueso. Ávida, alcancé mi teléfono e iluminé con su pantalla aquellas puntiagudas letras. Tan extravagantes, tan grotescamente anticuadas, tan hoscas. Estaba totalmente segura de su autoría; sólo podía tratarse de ella. Entonces cerré los ojos, mientras una gran pregunta retumbaba en mi consciencia con furia y plenitud… ¿de verdad necesitaba conocer el contenido de aquel sobre? ¿Podría trastornarme, emparanoiarme todavía más y acabar volviéndome loca? Quizá la curiosidad luchó con mayor fuerza sobre mi raciocinio… ya que autómatas, tal vez *kamikazes*, mis manos se desplegaron titilantes sobre una de las esquinas de aquel parduzco sobre. El rasgado sonido del papel acompañó a la oscuridad que se mecía entre las empañadas ventanillas. Y entonces extraje un papelito. Minúsculo y liviano. Tan fino que parecía casi inexistente, irreal. Mis dedos lo auparon con disimulo al contraluz de mis ojos. Y sobre él, en la misma tétrica caligrafía, una sola frase:

NO CRUCES NUESTRO CAMINO
NO ERES BIENVENIDA

Cerré los ojos. Respiré hondo. Solté una lágrima. Sólo podían ser **ellos**. O tal vez sólo se trataba de una mera broma macabra. Quizá me estaba volviendo loca. ¿Qué estaba sucediendo de repente con mi vida?

Cuando papá aparcó el coche frente a nuestro portal la cabeza me daba vueltas. Autómata lo seguí sin atreverme a girar la cabeza hacia la casa de Saturnio y Leocadia. Entramos al salón, besé a mamá y me dejé caer, exhausta, sobre la butaca frente a la chimenea.

Aquella noche Erik y yo volvimos a hablar por Whatsapp como de costumbre, durante largo rato. Lo vi bastante contento; *la Real* había empatado y eso ya de por sí era una buena noticia. Le expliqué cómo había *salvado* mi encuentro con Ekaitza cuando él me preguntó. Noté que claramente lo hizo por cumplir. Me callé lo del sobre. No quería sentir, una vez más, una posible **falta** de apoyo por su parte. Hablamos después sobre el tema del Edurne, ante su constante insistencia. Él daba por hecho que reservaríamos ese mismo mes. Le di largas cuando quiso cerrar una fecha definitiva. Quizá me entro **vértigo**, no sé. Ya me despedía entre emoticonos de besos, cuando Erik me envió un:

Eh! Hoy no tienes excusa jaja. Que tus amigas no están a tu lado, jeje.

Su mensaje venía acompañado del *emoji* de un diablito morado. En ese instante, una sensación de ligera frustración me invadió. Pero quizá para evadirme, o tal vez por verme emocionalmente superada, accedí en esta ocasión a no oponer resistencia. Al menos, lo tenía a él, no quería ni podía ~~ARRIESGARME~~ a perderlo. Tonteamos un poco. Esta vez, simplemente dejé que las cosas escalasen más. Al fin y al cabo, el primer beso ya se lo había dado. Y su regalo seguramente iba a implicar mucho más. Así que pensé… ok, está bien.

Me acerqué al espejo y le envié una foto de mi culito, en las braguitas blancas que esa noche llevaba. Fue casualidad que justo llevase ese conjunto tan morboso, tan de niña buena. Finalmente, ante su gran insistencia, le mostré también lo que había bajo ellas. A Erik **le encantó**.

8 de diciembre, 2013

El calendario señalaba un gran DOMINGO 8 de color rojo. El largo puente de la Constitución se alargaba hasta el día siguiente, por lo que aquella noche cargaba un aroma a pleno sábado. Las últimas semanas habían pasado sin pena ni gloria en mi ámbito social y *estudiantil*. Simplemente me había dedicado a asimilar los cambios que ahora poblaban mi nueva realidad. Los picos de adrenalina que antes solían acompañar a las clases de inglés, se habían apaciguado en mi corazón; mi interés por Mathew había ido diluyéndose estratosféricamente al mismo tiempo que mis quedadas con Erik aumentaban su frecuencia e intensidad.

Ekaitza se había acercado a mí un par de veces más en los descansos de clase. En una ocasión, me preguntó si el chico que me esperaba en la salida de la academia era mi pareja. Y la siguiente, en su enésimo intento por convencerme de que fuese a la torre de Leocadia, me propuso que invitase a *mi chico*, si es que me daba vergüenza ir sola. Al final, tuve que decirle con firmeza que **JAMÁS** iría a aquella casa. Aunque no me atreví a decírselo mirándola a los ojos, mi tono de voz fue bastante severo. Yo creo que aquello ya le hizo entender que sus avances en mi convencimiento de unirme a sus *quedadas...* iban a ser nulos.

)✳✕✳(

Justo hacía dos días que, aprovechando que me había quedado a solas con papá en la cocina, me lancé a contarle

135

lo del sobre de Cynthia. Le quité importancia, le dije que seguramente se tratase de una broma. Pero le dejé caer la posibilidad de que guardase alguna relación con Leocadia. Justo después le enseñé el raro camafeo que había hallado en mi *acercamiento* a la acequia con Erik. Le comenté con indiferencia que lo había encontrado en el camino, mientras paseaba. Pero mi padre, sin ni siquiera precisar el acercar sus ojos hacia el camafeo, lo agarró y de un brusco movimiento lo lanzó al fregadero, totalmente alterado. Entonces abrió el grifo provocando que un potente chorro de agua chocase contra su tallada superficie. Acto seguido me gruñó con los **ojos encendidos**:

"¡Lávate las manos con jabón, **ahora**! ¿Desde cuándo tienes eso?"

Entonces comprendí que él sabía perfectamente lo que era aquello. Y en qué circunstancias había estado involucrado. Aparentando sorpresa mientras la gélida agua me recorría los dedos, le inquirí:

"¡Oye! ¡Que es de madera! Se puede dañar…"

Ignorando mi queja, mi padre rebatió en un acelerado mascullar:

"Mira Ingrid, tengo que contarte algo que hace tiempo que tu madre y yo sabemos. Nuestros vecinos… no son gente normal. Están metidos en una secta. Estas tablas las tallan ellos. Las usan en **ceremonias** con animales. No toques nada de lo que te encuentres por el camino, no sabes lo que **puede tener**. Y, sobre todo, no te acerques ni te adentres en sus tierras. Nunca se sabe lo que pueden estar haciendo… ni bajo los efectos de qué sustancias pueden estar."

Me quedé en profundo *shock* ante tal repentina revelación. No me esperaba que fuese a abordar aquel tema que, tanto él como mamá, siempre bordeaban con cautela extrema. Tras un par de segundos calculando qué decir para que de una vez me revelase la verdad, solté fingiendo decisión:

"Sí… sé que es de ellos. Con mamá también encontré uno. ¿Qué es esa secta entonces?"

Papá desvió su mirada hacia el lado opuesto a mi rostro. Su tez brotaba roja. Claramente, estaba arrepentido de su revelación. Mantuvo su silencio por unos segundos, hasta que me lanzó en una visible incomodidad:

"¿Cómo va tu hermana con las pesadillas?"

Me giré hacia él con el ceño fruncido. Harta, una vez más, de su falta de confianza en mí. Llena de frustración me atreví a insistir:

"Pero… ¿y cómo sabéis que pertenecen a una secta?"

Al oírme, papá se dio media vuelta y esbozó un par de pasos hacia la pared, como si buscase un *algo* que le diese pie a cambiar el tema de la conversación. Y tras un dilatado silencio, mientras trataba de enchufar la vieja radio de la alacena, gruñó en un arduo tono de voz:

"No es algo que quieras saber… es una historia que pasó hace mucho tiempo. No le cuentes nada a Felipa de lo de la secta. Nosotros hablaremos con ella cuando llegue el momento."

Volteé mi rostro hacia él y me atreví a focalizar una airada mirada sobre sus ojos, exigiéndole una explicación. ¿Por qué no podía conocer de una vez toda la verdad?

Mi padre, sin embargo, prefirió quedarse **callado**.

))✳✕✳((

Para aquella noche de domingo había organizado una cita *sorpresa* con Erik. Durante las últimas semanas apenas nos habíamos visto. Bueno, realmente sí, una vez cada tres o cuatro días. Pero es que yo necesitaba verlo a todas horas. Lo sentía ya como mi alma gemela. Pero con la llegada de los festivos de Diciembre… el flujo de trenes aumentaba y las vías debían ser revisadas con mayor frecuencia.

Para sorprenderlo había reservado en el Luscinda, un restaurante de comida navarra, más bien tipo asador. Dadas sus opiniones *culinarias* en citas anteriores, sabía que la comida le iba a encantar. El Luscinda estaba situado en pleno centro de Txababerri, así que de ir allí con alguien, era como una forma de hacer pública una relación, de formalizarla.

Erik me vino a buscar a eso de las ocho. Siempre me recogía bajo la granja abandonada, donde mis padres no lo pudiesen ver. Ellos ya se imaginaban que *algo* había, yo intuía, en base a varias preguntas que me habían lanzado sobre él sin venir a cuento. Sin embargo, prefería que no supiesen que *nuestra historia* iba avanzando a tal velocidad de crucero; era mi primer novio y no quería presiones. En el coche le revelé dónde íbamos, y Erik se mostró encantado con mi propuesta. Respiré aliviada. Todo parecía marchar sobre ruedas, más aún después de nuestro acercamiento físico: al fin habíamos **pasado la noche** en el Edurne. Aunque al final la cosa salió *bien*, realmente, aquello había sido un motivo de cierta *fricción*. Erik no dejaba de insistir en que concretásemos la fecha definitiva, de preguntarme que si es que no me apetecía pasar tiempo con él… Sentía como si estuviese realmente, cuestionando la relación. Y realmente no es que no quisiese apostar por *lo nuestro*, yo también me moría por pasar la noche con él… sólo que no me sentía del todo preparada, no sé. Quería estar cien por cien lista, decir que sí cuando sintiese que era *la hora*. La verdad, cedí a reservar tan pronto por complacer su ansia. Y justo la noche anterior, muy *rallada*, para no sentirme tan presionada por darse *por sentado* que íbamos *a hacerlo* esa noche, le dejé caer:

"Mira, no me gustaría que mi primera vez fuese algo tan planificado, tan frío. No sé lo que va a pasar, quizá será que sí, quizá no. No quiero que vayas con ninguna *idea hecha*, sólo quiero que lo pasemos bien, que me abraces, que durmamos juntos…"

Erik se mostró super comprensivo conmigo. Me dijo que no había reservado la noche con ninguna de esas intenciones, que sólo pasaría lo que yo quisiese que pasase. Sus palabras hicieron que me sintiera mucho más relajada. Al final aquella velada, simplemente *me dejé llevar*. Erik puso música en su portátil y me dio un masaje. Se puede decir que él iba guiando los pasos, yo meramente decidía si me apetecía cruzar cada umbral, o detenerme. Comenzamos con los besos… de ahí fuimos escalando. Nos desnudamos del todo. Pude ver entonces su miembro por primera vez. Erecto, firme, chocando con mi abdomen, contra mi piel. Estaba bastante excitada, pero al mismo tiempo **muy** nerviosa, muy tensa. Supe desde el primer momento que aquella no iba a ser *la noche*. Disfrutamos sin embargo de un buen tiempo de caricias, de masajes, de palpar nuestros genitales con los dedos, con la lengua, con las yemas de toda nuestra piel. Fue algo **mágico**. A Erik también le gustó, yo creo. Después de aquello vimos Titanic en el portátil de Erik. Me dejó elegir. Dormí toda la noche abrazada a él. Me sentí muy feliz.

Erik aparcó su coche donde siempre, justo al final del camino, frente a la ferretería. De allí fuimos dando un pequeño paseo hasta el asador. Caminábamos de la mano, bajo la luz acaramelada de las farolas, entre el aroma invernal que inundaba las empedradas calles. Me sentía tan emocionada, tan feliz, que no pude evitar pedirle que parásemos un momento y que **me besase**.

Ese día yo me había arreglado bastante, quería dar una buena impresión, salir bien en las fotos. Era nuestra presentación en sociedad, al menos en mi cabeza. Pasamos al restaurante y nos pusieron en una de las mesas del fondo. Un candelabro dorado lucía sobre el impoluto mantel blanco. Elegimos entre la carta de vinos, y ya, nos dejamos sorprender por aquel menú degustación del que tanta gente hablaba maravillas.

Conversamos de todo un poco, aunque principalmente de trabajo y de mis amigas. Y bueno, pues durante la cena… Erik y yo íbamos comiendo, pero también bebiendo. Lo que pensaba al principio que iba a resultar *mucho*; una botella de *tinto* Irati para los dos, al final no fue suficiente porque… acabamos pidiendo una cerveza más para cada uno. Y a Erik… no sé si el verme tan arreglada ese día le estaba volviendo loco, o era el alcohol o qué, pero… empezó a mirarme diferente, como más pícaro. Me lanzó un par de frases que me dejaron muerta… soeces pero eróticas. Me revolucionaron, porque… me sentí superdeseada. Y fue justo después del chuletón cuando él, mordiéndose el labio mientras *rozaba* su zapato con el *interior* de mi muslo, me susurró:

"¡Qué ganas de que lo sientas todo ahí!"

¡Guau! Aquello ya me resultó demasiado. Le sonreí tímidamente, pero concesiva. Erik se puso todavía más rojo, más encendido, muy con ganas de *todo* al verme algo más *lanzada*. Me sentí entonces acelerada, desbocada, porque… él ese día había venido guapísimo, con una camisa de manga corta en la que sus bíceps parecían que iban a **reventar** las costuras. ¡Madre mía lo que me gustaba ver aquello! Estar deseosa de él a nivel carnal, en parte me tranquilizó. Y es que... Erik llevaba varias semanas super cachondo, es que parecía perro en celo, siempre con ganas de

SEXO

y sexo... Por un lado aquello me halagaba, pero por otro hacía que me sintiese, **en el fondo,** algo coartada; ¿era normal tanta presión? No sé, me sentía en parte como una medicina sexual, como su remedio *anti-encachondamiento,* como una *prosti.* Tampoco me gustaba que la parte sexual tuviese que ser tan relevante en nuestras citas, no quería sentir tanta presión sobre mí.

Comimos el postre entre risas y juegos. Miradas cómplices de amor, de atracción y deseo se iban desplegando. La panacota se fue deslizando juguetona entre nuestros esófagos sedientos de sendas lenguas. Pagó él la abultada cuenta aquella noche, me dijo que me lo debía por todo. Me di cuenta, en base al tono de su voz, que aquello quizá solicitaba sutilmente una *compensación.*

De la mano, entre caricias, atravesamos el alargado salón y salimos a la calle. Entre una ligera neblina, el reloj de la iglesia marcaba las once y media. Resultaba obvio que era demasiado pronto para irnos a casa una víspera de festivo. Miré a Erik sonriendo, pletórica ante lo que le había agradado mi sorpresa. Entonces él, acercándose lentamente hacia mis labios, me besó. Y yo sobre aquella *nube* le propuse sonriendo:

"Tenemos que alargar un poco más la noche... vamos a tomar una copa al Luna´s. Te invito yo a lo que quieras."

Erik sin embargo no varió la expresión de su rostro. Ignorando mi proposición, deslizó su muñeca con un gesto juguetón a lo largo de mi cuello, bajando después hacia mis hombros, cosquilleando mis brazos... Y entonces, me miró fijamente a los ojos, me agarró de la mano y me murmuró:

"¿Qué te parece si vamos a dar una vuelta... con el coche?"

¡Opsss! Quizá fue por su tacto, por los nervios... o tal vez fue la tensión sexual, pero un descomunal escalofrío me recorrió entera. Centré mis pupilas sobre sus deliciosos ojos. Erik estaba siendo prístino en su mirada pese a la ambigüedad de sus palabras. Sentí la onda expansiva de su **calor** brotando de todo su cuerpo, de su boca, de sus dedos, de su cintura. Pero yo... ¿qué sentía? ¿Qué quería?

Tal vez algo presa de los efectos del alcohol que tan generosamente embriagaba mis venas, le di un sólo juicio a aquel planteamiento. Y quizá dejándome guiar por la necesidad de sentirme protegida por sus fuertes **brazos**, por su deliciosa masculinidad, sucumbí a la propuesta. Una satisfecha sonrisa asomó en su rostro tras escuchar aquella confirmación brotar de mis labios. Y en ese instante y con determinación, sus piernas se lanzaron ágiles en dirección al coche. Su paso se aceleró y yo, en un pleno silencio sólo interrumpido por mi agitado palpitar, lo seguí autómata.

Nos dejamos caer sobre sendos asientos al unísono. Erik arrancó el motor con arrojo y en una complicidad silenciosa, atravesamos la calle Mayor. Me giré hacia su rostro y entonces lo vislumbré plenamente encendido. Las mejillas inundadas de un potente color rojizo, **fuego puro**. En ese momento lo percibí tan desbocado, tan ebrio de alcohol pero también de ardiente deseo, que no supe si estábamos haciendo bien. Insegura ante tanto exceso, esbocé:

"Oye... ¿te ves en condiciones de conducir?"

Erik sin detenerse a procesar aquella pregunta, me respondió acelerado:

"Han sido sólo dos copas... nada más."

Y entonces yo, buscando en sus ojos si el convencimiento de sus palabras era real, le inquirí:

"Pero... ¿a dónde vamos a dar ese paseo?"

Erik tomó un estrecho desvío a la izquierda y esbozó con la mirada fija:

"No sé, cualquier sitio alejado del pueblo servirá... lejos del camino a tu casa."

Me estremecí al darme cuenta de que *quizá*, él ya tenía planeado aquello. Estaba claro que esa casi semana sin vernos lo había revolucionado a nivel sexual. Tal vez lo del Edurne había sido demasiado para él; quería ya consumar a toda costa. Alargué aquel silencio buscando en mi cabeza algún lugar donde pudiésemos ir... Sin embargo, Erik se impuso a mis cábalas para enunciar:

"Todos los pueblos tienen sitios, algún *parking* abandonado, un solar viejo, un camino entre la maleza..."

Algo abrumada por lo *explícito* de su sugerencia, me acordé del valle cercano a la casa de Elisabeth, el barrizal. Supuse que sería lo más lógico ir allí... pero, me daba muy mala espina aquella historia que ella me había contado; eso había pasado hacía muy poco. No del todo convencida, planteé tratando de sonar resolutiva:

"Hay un par de sitios hacia norte, tendremos que conducir un buen rato porque…"

Pero Erik me interrumpió en un tono tajante:

"Mira, no te lo iba a decir, para **que no pensases** que quería que la noche acabase así, sin tenerte en cuenta… Pero en el trabajo, un compañero me ha hablado de un buen sitio. Es como una depresión escondida entre varios montes. Está aquí al lado, hay espacio para aparcar y hay muchos árboles alrededor… será imposible que nos vean desde fuera."

Sintiéndome en ese momento bastante presionada, le respondí:

"Sí… es donde va todo el mundo. Podemos ir, pero… una conocida me dijo que allí se acerca últimamente gente rara a hacer trapicheos, a vender droga… no sé. Mejor quizá *no*…"

Erik se giró contrariado hacia mis ojos y me inquirió con cierta severidad:

"No te estoy obligando a nada. No tenemos por qué ir si tú **NO QUIERES**… pensaba que te apetecía."

Fruncí los labios frustrada, ciertamente confundida. Me quedé en silencio por un instante hasta que, algo acongojada, manifesté cabizbaja:

"Claro que me apetece, pero… no sé. Quizá me está afectando demasiado todo lo que ha sucedido estas últimas semanas."

Erik me respondió interrumpiéndome:

"¿Pero alguna vez has oído que a alguien le haya pasado algo malo allí?"

Me quedé confusa ante la *evidenciación* de mi desmedida preocupación. Ni siquiera sabía si ya, lo que yo decía era algo razonable o no. ¿Estaba siendo demasiado *irracional*? Y frente a mi silencio, Erik replicó:

"Vamos hacia allí, sé cómo llegar, jaja. Me lo explicó Damián. **No te preocupes**, si vemos que hay algún otro coche, o algo raro, nos piramos a cualquier otro sitio."

Asentí sintiéndome algo forzada. Traté de quitarle peso a mis miedos. Cerré los ojos y acaricié el hombro de Erik mientras intentaba serenar mi incertidumbre. En realidad, tal y como me había dicho Elisabeth, en los noventa se juntaban allí hileras de coches, y nunca se había escuchado nada raro…

Erik metió la primera con furia. El Polo se enfiló colina arriba cruzando un pequeño puente de piedra. Las farolas DESAPARECIERON y ya sólo sus potentes focos pasaron a alumbrar aquel angosto camino salpicado de zarzas y matorrales. El terreno de barro y grava se deslizaba sibilino frente al rugir del abrumado motor. De repente, una tenue luz a la derecha reveló un ligero resplandecer en mis pupilas; la casa de Elisabeth quedaba a escasos metros de allí.

El reloj de la radio marcaba las doce cuando finalmente, la imponente entrada a aquel inquietante lugar nos saludó majestuosa y oscura. Mi primera vez allí. Respiré hondo; quizá también, mi *primera vez* sería allí. ¿Estaba ya preparada? Escudriñé con la mirada a la búsqueda de algún atisbo de luz, de faros, de metal, de cristal... no quería que nada pudiese interferir en aquel momento que *debía* resultar *mágico*. Erik fue conduciendo cada vez más lentamente, abriéndose paso entre la maraña de juncos y arbustos que se retorcían sobre la llanura. Tras dejar atrás un par de gruesos pinos, un giro a la derecha nos acercó hacia un pequeño rincón bajo la ladera de una imponente colina.

Sin darme preaviso alguno, Erik accionó el freno de mano y el coche se detuvo con fuerza. Mi corazón se desbocó entonces, al intuir que el *momento de la* **verdad** resultaba inminente. Me giré hacia Erik buscando su cobijo, su empatía, su amor. Acaricié su robusto brazo con cariño, así como el motor se apagó. Sólo una tenue bombilla situada sobre nuestras cabezas iluminaba sus ojos. **Estábamos solos allí, bajo la luz de la luna, de las estrellas.** Erik colocó su mano sobre mi regazo. Su boca a centímetros, nuestros labios llamándose, su olor químico, sus

feromonas, ya encendiendo mi deseo.

Mi piel lo quería, mi **carne** lo deseaba, mi vulva comenzó a humedecerse de una manera que me resultó, cuanto menos, asombrosa. El nerviosismo del Edurne había menguado manifiestamente. Me notaba mucho más determinada, más segura, más consciente de que deseaba y quería, esta vez, explorar más allá de los limites anteriormente bordeados con cautela.

Erik quizá pudo leerlo en mis ojos, porque después de besarme con pasión, de un salto se dirigió hacia el asiento trasero. Se tumbó sobre él y se desabrochó el botón superior de su camisa. De ahí bajó hasta sacar del ojal el botón inferior. Lo observé entonces de arriba abajo. No me lo creía; lo tenía a él, allí, a solas, conmigo. Su infinita perfección. Sus deliciosos músculos. Su increíble mirada. Era nuestro momento, era todo lo que yo quería. Lo iba a hacer. **Nada** me podría frenar esta vez

Me deslicé junto a él presa de una ingente ansia. Pasaron sólo instantes hasta que nuestras manos se lanzaron a palpar con un hambre infinita la piel de cada uno de nuestros cuerpos. Sus jadeos, su respiración entrecortada, mi pulso temblante... todo se encontraba ya desatado. Cedí el control y confié; simplemente me dejé llevar por mi más profunda necesidad de él, por mi deseo de amor, por mis ganas de entrega hacia aquel salvador. Me sentía con ansia de que él me viese tal y como yo era en mi totalidad. Me quité la camisa y él terminó de hacer lo mismo con la suya. A ello le siguieron sus pantalones y mi falda. Sólo la ropa interior restaba sobre nosotros. Nos acariciamos, le lamí el cuello, bajé hasta esos pectorales que tan loca me volvían. Sentí sus bíceps sobre mis turgentes pezones. ¡Ufff! Me vi a cien, estaba ya con ganas de **absolutamente todo**.

Erik desvió por un momento su mirada de mí y la dirigió hacia la palanca de cambios. De un pequeño cajoncito bajo ella sacó un preservativo. Con los dientes lo abrió y me animó a que se lo colocase. Aquel enorme miembro, tan firme y grueso, tan jugoso y húmedo. Tan deseoso de mí y yo tan deseosa de palparlo en todo mi interior… ¡no me podía creer que fuese a hacerlo! Lo acaricié con las yemas de mis dedos, segundos después con mi lengua, con toda mi boca. Ansiaba que él sintiese el máximo de los placeres, poder transmitirle así todo mi cariño y amor.

Erik respiraba cada vez con mayor hondura, con más ansia y descontrol… estaba a mil. Y yo al percibir su cara de placer, de puro deleite, no pude más y me preparé para ello. Mis piernas se abrieron frente a las suyas… Y él, al verme, acercó con determinación y hasta con furia sus dedos hacia su boca, los humedeció con abundancia de su saliva y los llevó hasta mi vulva, introduciéndolos levemente en mi vagina, rozando mi clítoris. Gemí, bastante nerviosa.

Sólo entonces, sus caderas se desplazaron enérgicas hacia las mías. Un impulso decidido, una juguetona y satisfecha mirada completaron el último paso. Mi vagina se desplegó entonces para recibir aquella parte de él que yo tanto anhelaba. Me empapé por completo, me fundí en una potente sensación de amor y placer cuando todo su miembro, flagrante, se acomodó en mi interior. Fue entonces cuando sus labios se unieron a los míos. Me tumbé derritiéndome sobre su torso y en un ligero vaivén, su calor fue fundiéndose conmigo en un delicioso y sublime baile… Yo sobre su cuerpo me movía al ritmo que mi puro instinto me marcaba. Él se revolvía enérgico, salvaje, cabrío y tosco, como un león bajo los efectos del más ferviente y primitivo celo. Me entregué por completo, anulé mi consciencia, únicamente anhelando sentir la delicia de todo su cuerpo sobre cada centímetro de mi piel.

La locura de su excelso sexo se fue propagando durante segundos, minutos. Por un instante me inundó la duda de si yo estaba haciéndolo bien. No sabía si quizá mis movimientos no eran del todo certeros, tal vez era mejor que él guiase la situación… Decidí girarme lentamente, haciéndole saber que prefería que él se colocase sobre mí, que tomase el control. Erik puso entonces su cuerpo levemente de lado, hasta que yo hice ademán de situarme bajo su torso. Con nuestras lenguas engarzadas, entre el frondoso calor, mis ojos se desviaron por un momento de los suyos buscando un espacio para situar mi abdomen. Y en ese instante, un relámpago del más **absoluto pavor**

mi corazón con toda la **furia** del universo. Aquello no podía ser cierto. Mi pulso se detuvo. Una cara ajena al reflejo de nuestros agitados rostros quedaba iluminada por la tenue luz de la lamparita, tras el cristal. Su gesto era de repugnante perversión, de excitación viciosa y depravada. Se estaba masturbando. Las lorzas de su abdomen se desplegaban desparramadas contra el cristal. Lo reconocí sin atisbo de duda: se trataba de Óscar.

Aterrada parpadeé para asegurarme de que mi imaginación no me estaba jugando una mala pasada. Pero no, aquello era espeluznantemente real. Mis ojos se clavaron sobre él, al mismo tiempo que su **silueta** se evaporaba entre la oscuridad, probablemente alertada por mi consciencia. Y entonces intenté gritar con todas mis fuerzas, pero fui incapaz. Sólo me separé de Erik despavorida. Mi gesto le hizo comprender al instante que algo me aterraba. Me incorporé como pude. Corrí a por mis braguitas al mismo tiempo que mi lengua comenzaba a, toscamente, ser capaz de responder a mis estímulos. Balbuceé señalando al cristal trasero mientras buscaba mi sujetador…

"Óscar… ¡Está ahí! ¡Vámonos!"

Erik no entendía nada. Parecía que para él, aquellas palabras no guardaban relación real con lo que para mí estaba aconteciendo. Pero el gesto de mi angustiosa reacción le estaba comunicando la sinceridad de mi tétrico aviso. O que quizá, yo simplemente, me encontraba presa de una alucinación la cual yo me creía con absoluta certeza. Erik reaccionó al comprender que para mí, la huida inmediata era la única posibilidad que me valía. Lleno de confusión en su rostro y cierta torpeza en sus movimientos, se colocó con urgencia frente al volante, aún desnudo. Yo, desde el asiento trasero me lancé a buscar mi falda y mi camisa, al mismo tiempo que alcanzaba su ropa y la colocaba sobre el asiento del copiloto.

Aunque confuso, Erik arrancó firme en pleno silencio. Giré mi mirada y la desvié de nuevo hacia el sombrío valle, así como las ruedas de aquel coche cruzaban a toda velocidad su entrada. Y entre toda aquella oscuridad, nada pude ver más que el espanto que recorría a la velocidad de la luz toda mi consciencia.

¿Cómo podía haber sucedido aquello? ¿Qué estaba pasando con mi vida? ¿Me estaba volviendo loca?

Me giré hacia Erik buscando un vínculo con la realidad, algo de empatía en sus ojos, su comprensión y apoyo. Pero su estático gesto reposaba en la más plena neutralidad. Su anodina reacción me resultaba incomprensible.

El coche se adentró por el estrecho camino al tiempo que mi boca tartamudeó:

"Pa… para el coche. No vas a cruzar así el pueblo."

Erik esbozó una mueca de resignación mientras frenaba con brusquedad. Le acerqué los pantalones, escudriñándolo con la mirada. No entendía si estaba en estado de *shock*, o qué coño le pasaba. Pero lo noté lejano a mí, no como cualquier otro día. ¿No me creía? ¿Me veía de repente como a una paranoica? Y de repente, aquella suerte de revelación me alcanzó como un rayo. Fue quizá aquel discordante **gesto** en su rostro, lo que me hizo comprender… que ante mí entendimiento se estaba materializando la *INMACULADA VERDAD*. Un escalofrío me desquebrajó. Todas las piezas de aquel incomprensible puzle, encajaron de repente.

Supe que me costaría años lidiar con aquella realidad. Mi corazón dio un tremendo vuelco inundándose del dolor más extremo y profundo. Pero no le pude permitir, en ese instante, inundar mi consciencia y arrasarme consigo. Necesitaba resguardar mi vida primero. Mientras Erik terminaba de vestirse, le susurré cual robot, autómata y ajena a su expresión:

"Conduce despacio, por favor. La bajada es muy pronunciada… ya no hay peligro."

Erik puso de nuevo en marcha el coche y salió del desvío para adentrarse entre la empinada pendiente de grava. Sin decir nada, salté veloz al asiento delantero. El coche comenzó a acelerar mientras mis ojos se desviaban hacia la ventanilla, hacia la oscuridad, buscando un **atisbo** de luz. La luz salvadora, la guía de mi liberación.

Íbamos demasiado rápido, pero los latidos de mi corazón bombeando una infinita dosis de adrenalina, me otorgaron la fuerza necesaria para cometer aquella locura. El coche descendía veloz cuando la luminosidad se hizo más potente, más brillante, más sibilinamente liberadora. Y entonces, sin darme la opción a racionalizar aquello, levanté el seguro, abrí la puerta del coche y me lancé de bruces a la más profunda negrura. Y en aquel instante, sobre la incertidumbre de las tinieblas de la noche, pedí a gritos que la brújula de mi supervivencia me guiase hacia la única escapatoria con la que contaba.

Mi cuerpo impactó con rudeza sobre el suelo, contra las piedras. Un duro golpe sonó estrepitoso en mi hombro, luego contra mi espalda. Mi cabeza se libró del choque envuelta por mis brazos, con suerte. Aturdida, me levanté entre fuertes dolores y como pude, me lancé al brazal. Mi cuerpo dio varias vueltas de campana sobre sí mismo al deslizarse sobre la pronunciada pendiente. Temblaba de puro terror mientras ansiaba que aquel despeñadero detuviese de una vez mi largo derrumbe. Contusionada entre el dolor, desde el suelo me recompuse y aterrada me dirigí veloz hacia la luz. La casa de Elisabeth era mi único refugio ante el grave peligro que me acechaba.

Corrí como nunca lo había hecho, ansiando con todas mis fuerzas que hubiese alguien en su interior. Un pico de absoluto alivio me recorrió al ver iluminadas varias de las ventanas. Volé en un salto sobre las cinco escaleras que separaban el suelo de la baranda. Pulsé el timbre con fuerza y acto seguido, aproximé mi rostro contra el frío cristal del ventanal. Cual ángel la vi, ajena a mi inminente peligro mortal.

Todas las miradas de aquel conclave se voltearon en un instante hacia mí. Nada más reconocerme, Elisabeth corrió hasta la puerta y la abrió con enorme rapidez. Y como un rayo crucé el umbral y entre temblores, la abracé como nunca había abrazado a nadie.

Aquella noche Elisabeth ni siquiera insistió dos veces en que le contase nada. Avisó al servicio para que preparase una habitación para mí. Mientras, me di una ducha en la que me deshice de toneladas de arena. Al percatarse de mis heridas, los padres de Elisabeth llamaron al médico de la familia para que me hiciese un reconocimiento de urgencia. Tenía magulladuras por el hombro, el codo, el antebrazo y las piernas. Los pantalones estaban ensangrentados.

Fue al día siguiente, desayunando, cuando tuve fuerzas para narrarle toda la historia desde el principio. Elisabeth se quedó totalmente petrificada. No se podía creer que aquello pudiese haber sucedido de verdad. Entonces, las dos llegamos a la **misma** conclusión, la cual yo confirmaría sólo semanas más tarde de la boca de su propia protagonista.

Enero, 2014

ue semanas más tarde cuando, para las Hogueras de San Iturri de Txababerri, me encontré con Ekaitza en una peña. No había aparecido por inglés desde mi último encuentro con Erik. Sentada en un rincón, *fanfarroneando* con un par de chicos con muy *malas pintas*, se la notaba totalmente borracha. Me acerqué a ella instintivamente. Quizá sólo ansiaba el poder **cerrar** el círculo de aquella pesadilla.

Ekaitza esbozó un gesto de desagrado al verme caminar hacia ella. Sin embargo, resultaba obvio que no podría huir de mí para siempre. Ekaitza les pidió con brusquedad a aquellos chicos que se fueran. Me senté entonces en una de las dos sillas de plástico que quedaron libres y la miré con determinación. Ni siquiera hizo falta que yo abriese la boca; ella misma, con la mirada perdida y su enorme vaso de sangría en su mano derecha, balbuceó la totalidad de nuestra conversación:

"Mira, no tengo problema en contarte lo que pasó. Muchas de las cosas, me enteré después. Al hijo de puta del Óscar ya le canté las cuarenta cuando me confesó todo. Y ya no nos vemos, lo he mandado a la mierda, por eso, y por mucho más.

Para que lo sepas…, él, desde el día que te vio en el camino, se obsesionó contigo. Te quería follar. No sé por qué, quizá está acostumbrado a **tenerlo todo**. Tiene pasta, va a muchos sitios de orgías, de guarreo, así que tiene a muchas de las chicas que ve en esos ambientes, sin esfuerzo… Yo lo conocí en un sitio de *swingers* en Bilbao al que fui con una amiga del *curro* cuando vivía allí. Se venía siempre de trío con nosotras y se encaprichó conmigo. Me traía regalos, me daba **todo** lo que yo quería. No me enamoré de él, pero es verdad que me camelaba con su labia, con sus caprichos, con su poder. Era como un *sugar daddy*, resultaba muy fácil estar con él, porque todo era siempre maravilloso; cenas de lujo, sorpresas, *regalazos*, viajes inesperados, siempre su mejor sonrisa… y mucho **SEXO** bestial. No tenía ninguna razón para no verlo, me lo pasaba de vicio con él.

Un día después de inglés vi a Leocadia en aquel bar y **enseguida** la calé. Si estaba allí, era raro. La miré y me miró sin tapujos, y ahí supe que ella era también *del rollo*… quería **ALGO** que yo le podía dar. A mí también me molaba la idea de probar aquello, sonaba a prohibido, a excitante… me daba mucho morbo con ella y su marido cuando me lo propuso. Era algo que nunca había hecho con gente tan mayor y encima conocidos…

Fui a su casa esa misma noche y me explicaron lo de sus *rollos* raros, sus rituales y ceremonias que aprendieron en una secta secreta hacía muchos años, en unas cuevas del norte de Navarra. Llevaban años haciendo aquello con todo tipo de animales. Me quedé boquiabierta al saber que eso estaba sucediendo en el pueblo desde hacía tanto tiempo. Esa misma noche llamé a Óscar y le conté todo, le dije que se viniese, que tenía que probar aquello. Era una pasada, con hierbas, los olores, el ritual, ellos cómo se mueven y te meten en la experiencia… era muy raro, muy **paranoia**, me molaba muchísimo.

Y lo que te digo… Óscar te vio aquel día cuando iba hacia allí y se volvió loco. Es que se pensaba que tú estabas yendo a aquella casa, ya se había imaginado de todo **contigo**, no sé, dio por hecho que tú serías para él… Te vio tan inocente, tan pura, que quería a toda costa que te metieses en el ritual. Quería que Leocadia y Saturnio te convencieran para que fueses… pero ellos siempre decían que mejor ***no***.

Sin embargo, una vez que Óscar te nombró, ya supe que no iba a parar hasta que te tuviese. Me dio de **t o d o** para que me acercase a ti y te convenciese para venir, para que te introdujese en el camino del sexo, del deseo, del vicio, para que así él **TE PUDIESE FOLLAR**… era **TODO** **lo que él quería**. La máscara y todo aquello, eran regalos, pero había mucho más. Lo de Erik lo preparó él, es un amigo suyo que ya había hecho cosas parecidas, gana un montón de pasta con eso… sólo se tiene que camelar a quien Óscar le dice para que ella mande fotos, o folle a la chica y así él, tiene material, no sólo lo del *sexting*, también con cámaras mientras follan, o incluso Óscar se esconde entre los matorrales y así puede ver el sexo en vivo… es un vicioso cabrón, esto es de lo *light*… por eso lo mandé a la mierda, porque no tiene límites."

Me quede horrorizada. Ni siquiera pude mirar a Ekaitza a la cara. Salí de aquella peña como pude, busqué a mis padres y nos marchamos a casa.

☽⁂※⁂☾

Durante las horas siguientes en mi habitación, en pleno *shock*, fui encajando cada una de las piezas en mi mente. Comprendí el ansia de Erik por acelerar las cosas, por que me soltase con él... Y lo que era peor, entendí el porqué de su insistencia en que le enviase mis fotos. Óscar habría hecho todo lo que estuviese en sus manos por tenerme.

Afortunadamente no obtuvo lo que quería, aunque muy tristemente, me había arrebatado una gran parte de mí. Mi primer beso, mi primer amor, mi virginidad, todo aquello entregado y maculado por su mero deseo vicioso... Me dio verdadero asco el saber que Óscar tendría todas aquellas fotos mías, tan íntimas, para siempre.

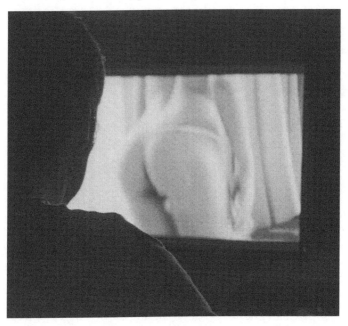

Fui precavida, sin embargo; me alegré de haber seguido los consejos de Lucía; nunca enviar en la misma foto mi cara y otra parte erótica del cuerpo.

))⁎✕⁎((

Mis padres llevaban días notándome rara, ausente, en *shock*. Fue sólo dos semanas después cuando exploté; fue el día en que caí en la cuenta de que nuestra noche en el Edurne… había sido con el ordenador de Erik allí. Lo había

dejado encendido, con la música sonando. **LA CÁMARA**. Fui incapaz de procesar todo aquello. Así que fui a terapia psicológica.

Agosto, 2014

Era ya casi finales de verano cuando le pedí a mi padre que me ayudase a cerrar el ciclo. Necesitaba saberlo todo y terminar de encajar cada una de las piezas. Él, entendiendo por tanto que en esta ocasión debía enfrentarse a la dura realidad, me pidió que fuese mamá quien me lo contase. Me confesó que no se veía capaz de volver a tener que pasar por aquello, de **revivirlo**.

)⁂✕⁂☾

Así que la noche siguiente, aprovechando que ambas nos habíamos quedado solas doblando unas sábanas al candor de la plancha… le lancé aquella cuestión de manera directa. Mi madre, que ya seguramente se esperaba tal pregunta, me preparó un té y se aseguró de advertirme varias veces que aquello iba a resultar muy impactante. Sólo cuando me creí algo más preparada, le di mi aceptación para que comenzase su relato. Mamá me tendió entonces su mano, y quizá dudando de si aquello era lo correcto, se lanzó a enunciar con sobriedad:

"Todo comenzó con mi embarazo de ti. A mis diecinueve años, tus cuatro abuelos se quedaron horrorizados; aquello iba a suponer un gran escándalo en todo Txababerri. Y a pesar de lo obvio de *la realidad*, nos obligaron a aparentar que todo había sido *normal*, planeado.

De urgencia se organizó el casamiento y a las dos semanas hicimos *público* el embarazo. Por otro lado, esta casa parecía la opción perfecta para nosotros; los antiguos dueños nos la medio regalaron, todo fueron facilidades. Luego nos enteramos del porqué.

Tras instalarnos, las cosas marcharon bien al principio. Lo más duro era la distancia al pueblo, pero con el coche y la moto, nos apañábamos. Fue a las pocas semanas de nacer tú, cuando cosas *fuera de lo común* comenzaron a suceder a nuestro alrededor; se escuchaban golpes extraños por las noches, echábamos en falta ropa del tendedero... Al principio pensábamos que podrían ser animales, porque los ruidos eran bruscos, encontrábamos restos de nuestra basura desperdigados por el jardín...

Una de aquellas noches en las que tuve que despertarme para darte teta, fue cuando todo lo que imaginábamos **saltó por los aires**. Había algo más, algo mucho más inquietante y macabro. Aquella madrugada recuerdo que la calefacción estaba muy alta y hacía mucho calor en tu cuarto. Así que abrí levemente las ventanas mientras te daba de tetar. Y justo entonces vi algo que me intimidó por completo; una sombra se desplazaba **sigilosa** entre los tendederos. Ávida, arrancaba y se llevaba consigo varias prendas. Me quedé totalmente aterrorizada. Agazapada tras el cristal, agaché levemente la cabeza asegurándome de que tú seguías tetando, sin llorar. Y entonces la sombra, envuelta en una negra túnica, con el rostro semioculto, se deslizó cual fantasma hacia el cubo de basura que quedaba justo debajo de la ventana. Levantó la tapa con sigilo y acto seguido introdujo la cabeza en su interior. Ansiosamente revolvió y revolvió llegando al fondo, rompiendo las bolsas; buscaba con afán y necesidad. Y entonces yo, llena de pavor al escucharte sollozar, cerré la ventana y te llevé al salón. Tenía pánico de que pudieses llorar y él *nuñoi*. ¿Sería alguien peligroso?

Al día siguiente le conté todo a tu padre. Me daba, en cierto modo, miedo revelarle aquello. Era como reconocer una inquietante y quizá peligrosa realidad. Y también estaba segura de que a papá le iba a suponer un gran desasosiego mental y emocional.

Una vez me lancé a contárselo, en efecto, se volvió loco. Y eso que obvié revelarle que lo que se había llevado aquella sombra, eran mis braguitas. Estuvimos largo y tendido enlazando hechos, atando cabos, hasta que caímos en la cuenta de que aquellos ruidos sucedían siempre los miércoles. Por lo tanto, ese alguien sabía qué día pasaba el camión de la basura. Seguramente quería evitar que nos enterásemos de que las bolsas habían sido abiertas, revueltas, destrozadas. El hecho de que se llevase ropa y cosas de la basura nos hizo sospechar que sería alguien con pocos recursos. Pensamos que podría tratarse de Mateo.

Así que papá fue a verlo a su choza al día siguiente. Le llevó comida y ropa vieja que teníamos por casa. Le pidió que **no se acercase** a nuestro jardín, porque teníamos cepos y alarmas conectadas a la policía. Se ofreció a llevarle cada mes ropa y comida si obedecía aquello. Mateo le agradeció la ayuda, pero le aseguró que no era él a quien estábamos buscando. No le creímos.

El miércoles siguiente fue papá quien se quedó en vela. Quería asegurarse a ciencia cierta de que Mateo no regresaba por allí. Estuvo contigo, cuidándote y vigilando, hasta que a eso de las dos… la extraña sombra hizo aparición de nuevo. Y el mismo esquema se repitió una vez más; arrancó ropa del tendedero, rebuscó en el cubo de la basura, y se fue. Esa misma noche papá me contó preocupado que aquella silueta era mucho más alta y corpulenta que Mateo. Tal conclusión nos alarmó por completo.

A pesar de insistirle en que no lo hiciese, el miércoles siguiente papá se escondió entre los arbustos tras las viejas lavadoras del corral. Se llevó el rifle de caza. Quería darle un buen susto a aquel ladrón para que no volviese por allí. Suponíamos que se trataría de algún mendigo de la zona, pero no sabíamos hasta qué punto aquello podría acabar resultando, a la larga, peligroso.

Esa noche yo la pasé en **plena** tensión. No pude separarme de ti. Me encontraba en tu cuarto, contigo en brazos, vigilante, cuando la sombra apareció de repente, una vez más. Sigilosa se acercó al tendedero más rápido que nunca. Arrancó de nuevo varias de mis braguitas y algunas camisetas. Y justo después se deslizó hacia el contenedor de basura. Mi corazón iba a mil por hora cuando distinguí a papá deslizarse tras los arbustos y muy, muy sigilosamente, caminar hasta colocarse detrás de la espalda de aquella cosa. Entonces, la sombra sacó del cubo lo que parecía estar buscando. Y fue justo en ese instante cuando todo explotó por los aires. Fue cuando papá se dio cuenta de lo que verdaderamente, allí estaba sucediendo. De lo que se había **llevado**. Y su cara se llenó de ira, de rabia, de odio, en una explosión de furia descontrolada. Lo que había guardado bajo la túnica, eran tus pañales. Papá estaba totalmente fuera de sí, todo su cuerpo temblaba en profundos espasmos. Aquello **me partió el corazón**. Y entonces vi cómo elevaba el rifle y lo dirigía hacia la cabeza de aquel ser mientras emitía un ensordecedor alarido de furia. Temblé, tú comenzaste a llorar. Grité aterrorizada para que no apretase el gatillo. Y fue entonces cuando esa cosa, al verse sorprendida y buscar la huida, deslizó inconsciente su capucha hacia atrás. Reveló su rostro. Y en ese instante lo reconocí. Era Saturnio. Sus ojos mostraban una expresión de perversión dominada por el enorme vicio que lo había poseído. Su mueca parecía **plenamente inhumana**. Trató de cubrirse de nuevo con la capucha pero ya era demasiado tarde. Papá dio un paso hacia atrás manteniendo totalmente erguido el objetivo de su rifle, quizá luchando con todas sus fuerzas contra sus propios instintos.

Y entonces mi nuevo grito suplicando que detuviese sus intenciones quedó aniquilado, muerto, ante el sonido de aquella bala impactando contra su objetivo. El grito de dolor de Saturnio confirmó la consumación de aquella amenaza. Un potente sollozo brotó de tu boca. La luna resplandeció convulsa, reflejando su brillo sobre las piernas agarrotadas de Saturnio, quien huía despavorido. Y papá se dio cuenta entonces de la **locura que había cometido**. Tembloroso, preso del terror, entró en la casa al mismo tiempo que Saturnio se evaporaba entre la oscuridad de la noche.

Al alba, sólo un reguero de sangre en nuestro jardín, aprisionado bajo los neumáticos del camión de la basura, fue el mero testimonio de lo que horas antes allí había acontecido.

Saturnio y Leocadia desaparecieron del pueblo. Nos enteramos días más tarde de que esa misma noche habían acudido al hospital. Saturnio iba a necesitar una operación y no podría trabajar en la carpintería, al menos, durante los próximos meses. Al cerciorarnos de que ya no vivían allí, de que sus visitas nocturnas ya se habían extinguido de forma permanente, dejamos estar las cosas. Ambas partes teníamos que perder si la verdad salía a la luz. Papá podría acabar en la cárcel, Saturnio, quizá también.

Durante los años siguientes todo regresó a la normalidad. La casa había quedado abandonada. Sólo una familia nómada la ocupó durante un par de veranos, pero no eran gente peligrosa. Incluso tú jugaste con sus hijos varias tardes por el campo.

Fue sin embargo al poco de nacer Felipa, cuando una noche de otoño, vimos las luces de su dormitorio encendidas. Todos nuestros temores se **confirmaron** poco después: habían vuelto. Se les notaba muy envejecidos, Saturnio portaba muletas, cojeaba. Leocadia pasó a ocuparse de la venta de castañas tras la reciente muerte de la antigua castañera.

Fue en ese momento cuando instalamos las cámaras en el jardín y pusimos las vallas alrededor de la parcela. Pero todos nuestros miedos, lejos de verse amortiguados, todavía se acrecentaron más. Papá se acercó un día hasta su caserío, de nuevo con el rifle. Directamente les dijo a ambos que los mataría si se acercaban a vosotras. Desde entonces, siempre hemos vivido en la más pura tensión. Afortunadamente, ya nada más pasó... *HASTA AHORA*"

Noviembre, 2022

Los ojos de Óscar, rojos, más pútridos que nunca, reposaban gélidos entre aquellas nauseabundas carnes que yo tantas veces había maldecido conocer. Días más tarde, supe que ese número remitente pertenecía a Ekaitza. Le escribí y sin tapujos me lo contó:

Eso es un sitio de swingers de Nueva York, del jueves pasado. Óscar la ha palmado por sobredosis de heroína. No reenvíes la foto.

Y en ese instante, seguramente leyendo un claro gesto de alivio en mi rostro, Sandra me lanzó compungida:

"Seguro que ahora vas a vivir mucho más tranquila…"

A lo que Lucía añadió apoyando su mano sobre mi hombro:

Pero… y a los hijos de puta de tus vecinos… ¿los volviste a ver o no?

Con la mirada absorta, respondí todavía ajena a mi nueva realidad:

"Nunca más los vi desde aquella primavera. **Justo** desde **el día** en el que me atreví a contarles todo a papá y mamá."

BOOK-ART

NURIA FERNÁNDEZ CEPEDA

JOSÉ SANGAR

JOCELLYN GISELL

JOCELLYN GISELL

TÍTULOS DE LA COLECCIÓN

AVENTURAS MILLENNIAL

#1-CRUSH MISTERIOSO
#2-LORACHE: NOCHE DE BRUJAS
#3-FANTASÍA CONSUMADA

SERIE SPIN-OFF HURACÁN PATRIXIA

#1-BAJO EL SOL DE MEDIANOCHE
#2-HOOKED ON THE HOOKAH
#3-LA ACEQUIA DE LA LUJURIA

SERIE SPIN-OFF 2 EXPEDICIÓN MALASPINA

#1-EL TRITURACHIRRIS

¡No te pierdas Lorache: Noche de Brujas, el libro #2 de Aventuras Millennial!

Mery, conocida como Klaritxell WitchKraft en YouTube, es el nuevo ligue de nuestra amiga Carla. Aunque no ha pasado ni un mes desde que hicieron match en Badoo, ya van súper en serio. Tanto, que Mery ha querido invitarnos a todos a su pueblo en el Pirineo: este finde se celebra la fiesta mística Lorache y, según ella, mil sucesos mágicos acontecerán. Mery, que se considera bruja y experta en paganismo, parece morirse de ganas por mostrarle a Carla, y a todos nosotros, su misterioso mundo.

Ya conduciendo hacia allí, detalles anómalos en el comportamiento de Mery comenzaron a chirriarnos a todos. Bueno, a todos excepto a Carla, la cual parecía flotar hechizada sobre las mieles de su nuevo romance.

Guiados por raros rituales y tiradas de Tarot, nos lanzamos a descubrir de la mano de Mery los secretos de la llamada "Noche de Brujas". Sin embargo, nuestra inquietud se desbordó al escucharla defender fervientemente el uso de la magia negra. Y ya, al cazarla en varias contradicciones y mentiras, comenzamos a dudar... ¿Cuáles eran las verdaderas intenciones de Mery en querer revelarnos todos aquellos secretos? ¿Qué tipo de bruja era, en realidad, Mery?

¡No te pierdas Hooked on the hookah,
el libro #2 de Huracán Patrixia!

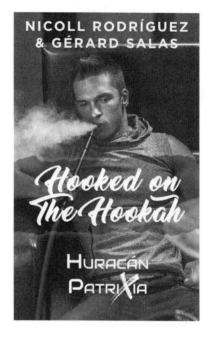

El amor no atiende a razones. La atracción, tampoco.

Más de dos meses de confinamiento dan para mucho. Nuevos chats en Grindr, en Tinder, en Instagram...

La vida amorosa de Patrizio parece encauzarse de nuevo tras conocer a Leo. Sin embargo, su primera quedada post-confinamiento puede verse arrasada por la llegada de un tsunami totalmente inesperado: el de la voraz apetencia sexual.

NOTA: ESTE LIBRO NO ES UNA NOVELA ERÓTICA SINO UN RELATO SOBRE EL AMOR, LA LÓGICA Y LA ATRACCIÓN. (+18)

¡No te pierdas El Triturachirris, el libro #1 de Expedición Malaspina!

Olga acaba de mudarse a Washington DC para realizar una pasantía en el banco más importante del país. Dejando en España una dolorosa ruptura, su única meta es exprimir al máximo su anhelado sueño americano. Pero un inesperado compañero de piso tratará de interponerse en su camino. El peligro, a veces, está mucho más cerca de lo que parece... ¡Abre bien los ojos!

El Triturachirris es una historia, cuanto menos, ACONVENCIONAL.

Descubre mucho más sobre
#AventurasMillennial
en la cuenta oficial de
Instagram

@aventuras.millennial

y también en la cuenta de
Twitter

@NicollXOXO

Printed by Amazon Italia Logistica S.r.l.
Torrazza Piemonte (TO), Italy

50401292R00100